遊《ゆ》佐《さ》家の四週間

朝倉かすみ

目次

食卓1

一月二十一日、遊佐《ゆさ》家では家族そろって夕食を終えた。

食卓にずらりと並んだのは、ぶりのアクアパッツア、鶏肉のトマト煮、彩《いろど》りゆたかなミックスピクルスに、ほうれん草のクリームスープと、あつあつ手づくりフォカッチャ。それらすべてを十四、五分でたいらげた。

会話はさほど活発ではなかった。父がなにか言うと、それがだれに向かったものでも母がおっとりと答えた。大学生の娘はにやにや笑い、高校生の息子もかすかな笑みを浮かべていた。

四人とも家族で顔を合わせることにたいして、少しばかり照れがあるようだった。まだエンジンが暖まっていないらしい。何千回、家族で食事をしていても、遊佐家の面々にはそういうところがある。いわゆる団らんというものが始まるのは食後だった。お茶と甘いものを前にして、ようやく家族の語らいがスタートする。

熱いハーブティーをひと口飲んで、羽衣子《ういこ》がほうっと息をついた。一家の主婦である。白くちいさな顔をうつむかせ、舌で前歯の歯茎《はぐき》をそっとなぞった。ゆっくりと目を上げる。とても美しい目をしている。瞳のなかに星の輝く夜空が横たわっているようだ。

「あのね、お友だちが困ってるの」

「ほう」

率先して応じたのは、遊佐家のあるじ、賢右《けんすけ》である。上半身をはすにし、羽衣子に顔を向けた。彼の身動きするようすは、熊を連想させる。熊といってもプーさんなどのキャラクターではない。頭部のちいさなホッキョクグマでもない。成人した雄《おす》のヒグマだ。

「マンションをリフォームしてるんですって。実家に仮住まいしてるんだけど、もう限界なの、って。あの子、学生時代から独り暮らしをしていたでしょう？　いくら親子とはいえ窮屈らしいのよ」

「みえ子さん？」

賢右は簡単に見当をつけた。単純な消去法による選択だった。羽衣子が友人の話をすることは滅多にない。するとすれば、カルチャー教室を経営している古い友人か、幼なじみのみえ子である。羽衣子がパートとして手伝いに行っているカルチャー教室の経営者のことは、冗談混じりで社長と呼んでいた。残るのはみえ子しかいない。

「そう、みえちゃん」

ほんとに、とっても困ってるみたいなのよ、と羽衣子は賢右から、正平《しようへい》、いずみと時計回りに家族を見ていった。

「おかあさんと同い歳のひとでしょ」

いずみが含み笑いをして確認した。羽衣子がうなずくやいなや、

「四十三で独身でマンション持ちの公務員」

だよね？　と腕を組む。「超堅実な人生」と付け足したその声は羽衣子によく似ていた。ほんの少しかすれていて、蜂蜜《はちみつ》を垂《た》らしたように甘い。だが、早口でつっけんどんな物言いと、冷笑的な態度のせいで、いずみの声の甘さに気づく者はほとんどいなかった。

「仕事して、お金ためて、自分のお城を持つなんて、すごいじゃん」

パンナコッタをスプーンですくい、かぶりを振った。

すかさず賢右が重々しくいずみに言う。

「地道にこつこつやってれば、女でもひとりで立派にやっていけるってことだ」

ちろりと賢右に目をやってから、いずみが鼻息を漏《も》らした。賢右がちょっといやな顔をする。急いで表情を和《やわ》らげ、口調もさっぱりとしたものに改めた。

「それはそれで幸せな人生なんじゃないかな」

食卓にたくましい腕を乗せ、指と指を絡《から》ませた。「うん、おとうさんはそう思うな」とつづける。

「それってあたしへのアドバイス？」

いずみがマッシュルームカットにした髪を揺すった。賢右に鋭い視線を放つ。賢右がゆっくりと舌で上顎《うわあご》を弾《はじ》き、音を立てた。音の行方を追うように、さりげなくいずみから目をそらし、落ち着き払って答える。

「女にもそういう道があるってことだ。みえ子さん、立派じゃないか」

なあ、と羽衣子を見てから、いずみに目を移した。濃い眉、厚いまぶた、みみず腫《ば》れみたいな細い目。加えていかついからだつき。父そっくりの容姿の娘を気の毒そうに眺《なが》める。

「そうなの。姉御肌《あねごはだ》で、面倒見がよくて、独立心が旺盛《おうせい》で……。でも、実家じゃ、なんにもできないこども扱いされるんですって」

羽衣子はうなずきながら、家族ひとりひとりと目を合わせていった。見つめられた三人は、羽衣子の瞳に吸い込まれた。星のまたたく夜空に浮かんだようなきもちになった。

「今でも？」

もっとも早く我に返ったいずみが訊《たず》ねた。「四十三の今でも親にこども扱いされるの？」と鼻で笑いながら訊《き》き直す。

正平も少し笑った。彼はずっと「少し」笑っていた。アハハといつでも大きく笑える準備をしているようだった。うつむいた白くちいさな顔に睫毛《まつげ》の影が映っている。肩をすくめ、腿《もも》と腿のあいだに挟《はさ》んだ腕も、食卓の下で投げ出した足も、細く、長い。

「親っていうのはそういうもんなんだ」

いつまでたっても我が子が心配なんだよ、と賢右が羽衣子に代わって答えた。感慨深い口調である。

「実家が裕福だってこともあるの。なにもわざわざ働かなくていいんじゃないか、って」

賢右の発言にしんみりと相槌《あいづち》を打ってから、羽衣子がいずみに説明した。

「たまに会うくらいなら適当にあしらえるんだけど、でも、やっぱり毎日顔を合わせていると、わずらわしくなっちゃうみたい」

頰《ほお》に手をあて、羽衣子はため息をついた。

「仮住まい用のアパートでも借りればいいんだけど、ただでさえリフォームで物入りだし。それに、あと一カ月くらいで完成するらしいの。……お金、勿体《もったい》ないでしょ？」

ね、というふうに賢右を見る。

「あともうちょっとなんだから、実家で我慢できないの？　ってあたしも訊いてみたんだけど」

いやなものはいやなんですって、といずみに向かって、ほんの少し眉根を寄せる。

「だから、みえちゃん、今、とっても困ってるの」

顔をかたむけ、覗《のぞ》き込むようにして、正平に優しく訴えかけた。

「……ウイちゃん、どうしよう、って相談されて」

目をふせて、そうつぶやき、羽衣子は「長い付き合いになるけど、みえちゃんに相談されたのは初めて」とひとりごとを言った。

「どうしようもなにも、どこかに仮住まいしなきゃならんだろう」

賢右が焦《じ》れた声を出した。首の後ろを忙《せわ》しく擦《こす》り、シーッと奥歯から息を吸い込む。ちいさくうなずき、さえざえとしたまなざしで自分を見上げる妻を横目で認めた。ほんの少しためらったのち、天井を指差す。

「二階に空いてる部屋があったよな」

やむをえない、という口ぶりだった。たちまち羽衣子の顔が明るくなる。最前よりも深くうなずく。賢右もうなずいた。いやにまじめくさった表情をつくり、妻に告げる。

「家に来てもらったらどうだ」

困ったときはお互いさまだ、と、分厚い胸を張った。妻が頭を下げる気配を察知し、

「いいな? なに、たった一カ月だ」

と、一転、上機嫌で娘と息子に申し渡した。

いずみと正平は顔を見合わせ、すぐに互いから目を逸《そ》らした。いずみは「まーいいけど別に」と小声で言い、正平はパンナコッタに載った生クリームをスプーンの背で押し広げながら「既《すで》に決定みたいだし」と不明瞭な発音でぼやいた。ふたりはまた顔を見合わせ

た。さっきよりも長く目と目を合わせる。（文句があるなら言えばいいじゃん）といずみの目が言った。正平は目を細め、アハハ、と声を出さずに笑った。それを見た賢右の口元が（おまえら、こどもの分際で親に楯突《たてつ》く気か）と動いたとき、羽衣子が皆に礼を述べた。

「どうもありがとう」

重ねた両手を胸にあて、ゆっくりとまばたきをした。

「みえちゃんもきっと喜ぶわ」

大丈夫。気さくなひとだから、と家族ひとりひとりと目を合わせていく。

「あっという間に仲よしになれると思うのよ」

穏《おだ》やかな微笑を顔いっぱいに広げた。

第一章　一週目

正平

ドアホンチャイムが鳴った。一月二十五日、金曜、午後六時少し過ぎ。家にいるのは正平ひとりだった。十七歳。高校二年生。学校から帰ったところだ。脱ぎかけたモッズコートに左腕を通したまま、冷蔵庫を覗いていた。

牛乳を取り出し、マグカップに注《そそ》ぐ。シンクに軽く尻を乗せ、ひと口飲んでから、ドアホン画面を確認した。髪の長い女がボタンを押している。突進するような前傾姿勢だった。画面には頭しか映っていない。

……ああ、そうか。みえ子さんか。

今日から四週間、生活をともにする人物である。荷物は宅配便で届いていた。そう多くなかった。大物家具は実家にあずけたままにしておくらしい。バターが切れたと正平と入れちがいで買い物に出かけた母が、「そろそろみえちゃんが来るころだから、よろしくね」と、そういえば言っていた。

正平はマグカップをセンターテーブルに置き、手早く脱いだモッズコートをソファの背に引っ掛けて、大股で玄関に向かった。靴をはかずに土間に下り、ドアを開ける。

「どうも、こんばんは」

中年女がにこやかに挨拶《あいさつ》した。異様な風貌《ふうぼう》である。

小柄で太っているのはまだいい。顔が大きいのに長い髪を垂《た》らしているせいで、全体のバランスを著《いちじる》しく欠いているのにも大きな驚きは感じない。そういう女性は大勢いる。想像の範囲内だ。そのようなからだつきに、あのような顔がのっている状態が「異様な感じ」を強くしていた。人なつっこそうな笑みを浮かべているものだから、いっそう凄《すご》い。

ドアノブに手をかけたまま、正平が呆然としていたら、

「下のお子さん？」

と短い首をかしげる。正平が反射的にうなずくと、むっくりとふくらんだ顔を玄関のなかにねじ込むようにして、

「みんな、まだ帰ってないの？　お留守番？」

とつづけざまに訊いた。ふたつめの問いかけのときには、大きな垂れ目をすばしっこく動かし、正平の全身をさっと点検した。心持ち顎《あご》を引き、つっかかりつつ、正平が答え

る。

「はっ、母はですね、いっ、今ちょっと出かけてまして。すすぐに戻ると思うんですが」

声も一部裏返った。中年女が腕にかけていたコートに顔をうずめ、くくっと笑う。女と至近距離で話すことに慣れていない、うぶな坊やをからかうような笑い方だった。ちがうし。正平は口のなかで言った。ていうか、ありえないし、もうほんと、いろんな意味でありえないし。

抗議しようと、努めて冷静なまなざしで中年女を見ようとした。でも、うまくいかなかった。その女を最初に見たときのインパクトがまだ残っていた。残っているどころか、見れば見るほど驚きが増えていく。

「今日からお世話になります。須山《すやま》です」

そんな正平に頓着《とんちゃく》せず、中年女は頭を下げた。……やっぱりみえ子さんだったんだ。

正平が改めて驚いていたら、みえ子は再びお辞儀した。

「ウイちゃんの幼なじみで、ただいまマンションをリフォーム中の須山みえ子です」

頭を下げたまま、上目遣《づか》いで見つめられ、正平はたじろぎ、そしてなんだかハッとした。半びらきだった口を閉じ、慌《あわ》てて、

「きっ、聞いてます、聞いてます」

どうぞ、と家の奥へと手を伸ばした。

「お邪魔します」

肩をすくめて、くすっと笑い、みえ子が玄関に入って来る。ドアを閉めながら、その後ろすがたを見た。コロコロとしていて、赤ちゃんパンダを思わせる。でもちがう、全然ちがう、と正平がかぶりを振っていたら、みえ子が振り返った。

「これ、おみやげ」

短い腕を突き上げ、紙袋を持ち上げる。

「文明堂《ぶんめいどう》のカステラだよ」

横に広くて分厚い唇をひらき、乱れた歯並びを見せた。重なってはえた黄色い前歯には口紅がついていて、ゆでダコ色の歯茎も覗いた。

はあ、とうなずく正平に、みえ子は紙袋を押し付けた。失敗した目玉焼きみたいな大きな垂れ目が、揺れるように動く。

——なにかに似ている。もちろん赤ちゃんパンダじゃなくて、と正平が考えるともなく考えていたら、ほらぁっ、と紙袋を持たされた。受け取ると、意外な重さに腕が伸びたような感じがした。肘《ひじ》を軽く曲げてから持ち直す。

なぜか勝ち誇《ほこ》った笑みを浮かべ、みえ子が上がりかまちに腰を下ろした。

「みんなに会うのも久しぶりだな……」

らせん状に巻いた髪をもてあそびながら、斜め下に視線を落とし、息をつく。その横顔。鏡餅《かがみもち》みたいに張り出した額《ひたい》、鼻フックをされたように上を向いた低い鼻、そして極度に後退した顎がいやでも強調される。

やっぱ、なんかすげえ。正平はふたたび呆然とした。みえ子の顔は特徴がありすぎて、見ているだけで、目と脳がフル回転する。

「高校生だよね？」

ブーツのファスナーを下ろしながら、みえ子が訊く。つづけて正平が通っている公立高校の名を口にした。うなずきながら指を折っていき、

「二年生、かな？」

うん、二年生、と正平を見上げ、唾《つば》を飲み込む。喉《のど》が動き、つづいて胸元が、ごっくん、と波打つ。

みえ子は襟《えり》が深く開いたセーターを着ていた。色は坊さんの袈裟《けさ》みたいな紫だった。深い谷間が突如《とつじょ》、正平の目に迫った。見たくない。そう思ったのだが、目が自然とそこにいく。逸らそうとしたら、ややずり上がった短めのタイトスカートから覗く三角地帯にも気づいてしまった。

「正平くん、あのときは中学校に入ったばっかりだったでしょ。新しい、すてきな制服を着てたよね。今よかおちびさんで、土筆《つくし》みたいにひょろっとして――」

「え？」

正平はようやく我に返った。

「やだ、聞いてなかったの？　ほら、あのとき」

「って、どのときですか？」

訊くと、みえ子はブーツから太く短い足を抜き、上がりかまちで横座りになり、「タカちゃんの……」とつぶやいた。

「タカちゃん？」

「孝史《たかし》くん」

叔父の葬式を指しているようだ。

「あのとき、いたんですか？」

「いたけど？」

……へえ、と正平は顎に手を添《そ》えた。

父も姉も、みえ子とは面識がないと言っていた。みえ子が遊佐家にしばし居候《いそうろう》すると決まった夜だった。

――いやあ、おかあさんからよく話を聞くから、すっかり知り合いのような気がしていた。

父が頭を掻《か》き、母にこう確認した。

——たしか結婚式のときもお会いできなかったんだよな?

それにたいする母の答えがこれ。

——ええ、みえちゃんたら盲腸になっちゃって。

叔父の葬式のことには触れなかった。

考えてみると、みえ子は母の幼なじみなのだから、叔父とも親交があったはずだ。母は訃報《ふほう》を伝えただろうし、受けたみえ子は葬儀に参列するに決まっている。

正平のまぶたの裏に叔父の遺影が浮かんだ。叔父は母を男にしたような顔をしていた。鼻筋が通っており、引き締まった口元をしており、美しい目をぽっかりと開けていた。

正平は、生前の叔父を知らなかった。存在すら、知らされていなかった。交通事故で亡くなり、こぢんまりとした葬儀がおこなわれて初めて知った。

母の親戚は参列していなかった。母はたまに「わたしは天涯孤独の身の上なの」と、冗談めかしてひそやかに笑うことがあったから、不思議には思わなかった。では、なぜ、弟がいることまで隠していたのか、と正平は訝《いぶか》しみ、姉に訊ねてみたのだが、当時高校一年生だった姉は「言いたくない事情があるんでしょ」と取り合ってくれなかった。

ふうん、と正平が納得したのには、理由があった。

母がほとんど昔話をしないひとだったからだ。

まだ十代だったころ、ステレオカセットプレイヤーのCMに出たことは知っていた。芸能界に進む気はなかったので、池袋《いけぶくろ》のオムライス専門店でウエイトレスをやっていたことも何度も聞いた。母目当てに若い男が押し寄せて、その店が大いに繁盛《はんじょう》したという話である。

母の口から聞いたのではなかった。時折、父が母とのなれそめを語るときに、重要な要素として出てきたのだ。

隣で父の語りを聞く母は、黒目をゆっくりとめぐらしながら、微笑していた。あ、と柔《やわ》らかに口を開けることはあっても、割って入ろうとはしなかった。

「天涯孤独」としか語らない身の上とともに、それもまたたぶん、なんらかの「事情」というもので、母には語りたくない「事情」がいくつかあるのだろうと、正平は漠然と考えていた。「事情」を「過去」と言い換えるようになったのは最近である。

「……タカちゃん、かわいそうだったよね」

うなだれたまま、みえ子がつぶやいた。

「すみません、ぼく、くわしいこと知らないんで」

正平はまだ土間に立っていた。

「ふぅん、そうなんだ」

みえ子はからだを半回転させ、床にべったりと両手をついた。よっこらしょ、と立ち上がろうとする。

「そっかー、正平くんは知らないんだー」

ひどくゆっくりした動作だった。

「ウイちゃん、言ってなかったんだねえ」

床から手を離し、足を踏ん張る。

「別にいいんだけどね」

みえ子が口元をゆるめたそのとき、正平の耳のなかでカチッと音がした。点火棒のボタンを押したような音だった。

こどものころ、大井《おおい》だかどこだかの海に近い公園で、家族でバーベキューをやったとき、着火剤に火をつけさせてもらったことがあった。点火棒の形状はピストルに少し似ていた。正平は引き金を引くように、人差し指に力を込めてボタンを押そうとした。

——がんばれ、がんばれ、あともうちょっと。

父と母と姉が手を打ちながら応援していた。青空を行く飛行機の腹を目のはしに捉《とら》えた、と思ったら、手応《てごた》えがなくなった。カチッと音がした。

風に吹かれて消えそうになる炎を、父が大きな手のひらで覆《おお》い、正平は着火剤に火をつけた。重なり合った木炭が蝕《むしば》まれるように燃えていった。やがて木炭は赤く熾《おこ》り、正平の顔を照らした。父の顔も、母の顔も、姉の顔も、赤く照らした。どの顔もお面に見えた。みんな、目と口を笑ったかたちでくりぬいた赤いお面をつけているようで、少し、怖くなった。

一瞬よりも短く、そんな思い出が正平の頭を駆《か》けた。

「気にしないで。あたし、余計なこと言っちゃったみたい」

立ち上がったみえ子が肩に顎を乗せ、顔だけ振り向いて正平に笑いかけた。

正平は、もう驚きもしなかったし、呆然ともしなかった。

みえ子の容貌《ようぼう》はいくら見ていても飽きそうになかったが、少しは慣れた。

ただ、やはり心はざわついた。みえ子と接していると、水に浮かんだ油を掬《すく》うようなもちになる。指先がギトギトするばかりで、完全に掬いとれないもどかしさ。あるいは苛《いら》立《だ》ち。不快感。

ふと、みえ子の歳を考えた。母と同じだから四十三。年月というものに短く思いを馳《は》せた。だらしなく笑うみえ子の顔を見ていると、月日の流れが覗けたようだった。

みえ子はたぶん昔から他人に嫌われてきたのだろう。ただそこにそうしているだけで、周りから嫌われるやつがいる。ちょっとした振る舞いや物言いが、なぜかは分からないが、ものすごく苛つくやつだ。こっちが苛ついているのを知っているのかいないのか、まったく態度を改めないやつ。敏感に感じ取って改めたとしても、それはそれで苛つかせるやつ。

「聞こえた？　ほんと、気にしないで」

ね？　とみえ子が首をかしげた。依然正平を顔だけで振り向いている体勢だ。テカテカ光る肌色のストッキングをはいた足は内股にしていた。正平を見つめているのだが、眼球はちろちろと動いていた。唇もかすかに震えていた。いじめられっ子特有の怯《おび》えだと思った途端、耳のなかでまたカチッと音がした。

——がんばれ、がんばれ、あともうちょっと。

家族の声も聞こえてくる。ことに父の声が大きく聞こえた。合唱コンクールでひとりだけ異様に高いテンションで歌い、陰でひんしゅくを買うやつみたいに大きく。がんばってんだよ。腹のなかで吐き捨て、正平は大股で上がりかまちに足をかけた。腕も大きく振っていた。その腕がみえ子の肩を押した。紙袋を持っているほうの手だ。そこそこ重量のある紙袋だった。だから、ちょっと、勢いがついた。

気づいたら、みえ子の胸元に紙袋が当たっていた。偶然だったのか、故意だったのか、正平自身にも判別がつかなかった。

みえ子は大げさによろけた。紙袋が当たったのは胸元だったのに、手のひらを頬にあてている。「やだもう」とだらだら笑っていた。

正平は、自分自身を見ているような気がした。にこにこすることが唯一のリアクションであるぼく。まぶしそうに目を細め、アハハ、アハハ、と声を立てずに笑うぼく。遊佐正平。

「……あたしのこと、なにかに似てるって思ってるんじゃない？」

でしょ？　と、みえ子が訊ねた。正平の視線の意味を取り違えたらしい。

「いえ、そんな」

ちいさく手を振った。「そんな、そんな」と繰り返しつつも、みえ子の顔を観察する目になった。いやに広く、つるりと出張ったおでこである。どろりとした大きな垂れ目。上を向いた低い鼻。引っ込んだ顎。言われてみれば、たしかに、みえ子は、なにかに似ている。喉まで出かかっているのだが、思い出せない。

「教えたげようか？」

唇をすぼめ、みえ子がささやいた。

「思い出せないと、きもち悪いよね」

正平に一歩近づく。

「あー、えー、大丈夫です」

正平は一歩後退した。かすかに笑いながら、首と両手を振っている。

「提灯《ちょうちん》お岩《いわ》」

みえ子は鼻の下を伸ばしてみせた。

「葛飾北斎《かつしかほくさい》作『お岩さん』」

そうつづけ、「分かんなかったら、あとでググってみるといいよ」と付言した。

「中学んときから言われてるんだよね」

浅く、何度もうなずく。正平の目を見つめたままだった。

「あ、そうなんですか」

正平も数回うなずいた。頭に浮かんだのは、同級生たちに囃《はや》し立てられているみえ子のすがただった。小突《こづ》かれたり、蹴りを入れられたりもしていた。それでもみえ子は、正平の脳内では、にやにや笑っていた。提灯お岩の絵は思い出せなかった。きっと、あとでググるんだろうな、と思っていた。

「ここがウイちゃんのお家なんだ」

みえ子が頭をめぐらし、リビングを眺めている。「きれいにしてる。さすがウイちゃん」とひとりごちた。

その横顔を正平は見ていた。キッチンにいた。手にはスマホを握っている。お湯を沸《わ》かすあいだに「提灯お岩」を検索した。そっくりじゃないか、と胸のうちでつぶやいたのは、ついさっきだった。

割れた提灯に生首が張り付き、一体化している。検索結果をざっと見たところ、お岩という女は、提灯に乗り移り、祟《たた》ったらしい。顔が醜《みにく》くなる毒を盛られ、金持ちの娘に乗り換えようとした夫に殺されたようで、その恨みが強く残った模様である。

「ミルク飲んでたの？」

みえ子がセンターテーブルに置いたマグカップを指差した。

「ねえ、これ、ホットミルク？」

ソファの背に手をかけ、振り向いた。

「牛乳です」

簡単に答えた。急に振り向かれて、少々ばつがわるかったが、顔にはそんなに出なかったと思う。スマホの画面を閉じ、デニムの後ろポケットに入れた。

「……お茶、なに飲みますか」

語尾を上げずにみえ子に訊ねた。

「んーと、なにがあるのかな？」

「なんでも。日本茶も紅茶もコーヒーも。あとハーブティーとか」

「じゃ、コーヒー。ミルク、たっぷり入れてくれる？」

みえ子はソファの座面に横座りし、背に肘をかけていた。

「あたしも正平くんとおんなじで、ミルクが大好きなんだ」

幾分、はしゃいだ声だった。適当な話題を思いつけなかった高校生男子とのあいだに、ようやく共通点が見つかった、というふうである。

「特に好きというわけでは……」

正平は、ドリップオンコーヒーをカップにセットし、お湯を注いでいた。すり寄って来られる感じがして、眉根を寄せた。

「えー？」

聞こえない、とみえ子が耳の後ろに手のひらをあてる。

「別に好きでもなんでもないです」

牛乳なんて、とひとりごちたら、頰が熱くなった。初めて口にした言葉だった。しかも、語調が少々鋭くなった。

「あ、そうなんだ」

さして気にするようすも見せず、みえ子はソファを下りた。後ろで手を組み、キッチンに向かう。入り口に立ち、コーヒーをいれる正平を「お手並み拝見」というように見物する。

「緊張してる？」

笑い声をまぶしてみえ子が訊いた。正平の頰が赤くなっている理由を勘違いしたらしい。

「あんまり、お家のことしないんでしょ？」

ちがう？ と重ねて訊ねる。やはり、声には親しげな笑いを忍ばせていた。

「そうでもないです」

無表情で答えた。頰の赤みがすうっと引いていくのを感じた。代わりに苛立ちが募《つの》る。

「なにもかも、おかあさんに任せっぱなしなんじゃない？」

ふふふ、とみえ子がはっきりと笑った。甘えっ子さん、と言いたそうな気配があった。

またしても、うぶな坊やをからかうような口ぶりである。

「そんなことないです」

細い注ぎ口のやかんを調理台に置き、正平はみえ子に顔を向けた。愛想笑いは浮かべることができた。だが、目は、きっと、もの言いたげに光っているはずだ。少し黙れ、と言いたかった。いくら母の幼なじみで、これから四週間、生活をともにする人物だとしても、みえ子の言動は正平の癇《かん》に障《さわ》った。チリチリとした苛立ちをひっきりなしにもたらす。

「そうなんだ」

みえ子は正平から視線を外した。髪を触ったり、ニットの裾を直したりする。また、かつて、いじめられっ子だったころの記憶がよみがえったようすである。余裕たっぷりに見せかけていても、冷ややかなまなざしを向けられると、怯えてしまうらしい。

たとえ、相手が自分のこどもみたいな年齢でも、と正平は頰をゆるめた。やかんを持ち上げる。ドリップオンコーヒーにお湯を注ぐ。

「……ねえ」

みえ子のちいさな声が聞こえた。顔を上げて振り向くと、みえ子は壁に側頭部をくっつけて、こちらを見ていた。

「なんでしょうか？」

抑揚なく訊いた。やかんは手に持ったままだ。唇をもぐもぐと動かしてから、みえ子が言った。

「正平くんって綺麗《きれい》な顔してるね」

誉《ほ》められたことよりも、撫《な》で回すようなみえ子の視線が不快で、正平はなにも応えなかった。

賢右

ええい、ちくしょう。舌打ちして、賢右は目を開けた。仰向《あおむ》けのまま棚付きヘッドボードに手を伸ばし、時計を取る。午前三時になるところだった。

この時間になると、いつも尿意で目を覚ます。満五十七歳。前立腺肥大症の影は確実に忍び寄っている、と思う。すぐさま打ち消し、夜間に一度の小便なら今のところは心配無用だとうなずいた。単に歳のせいだ。

時計を戻して、隣のベッドに目をやる。ひとのかたちのふくらみを認める。こちらに背を向け、微動だにしない。そのふくらみを少しのあいだ、眺めた。静かな、静かな、寝息である。羽衣子は眠っているときでもおとなしい。

結婚以来、ベッドは別にしていた。二十三年間、賢右はセミダブル、羽衣子はシングルで寝《やす》んでいる。

暗さに慣れた目で寝室を見回した。六畳の和室である。二台のベッドを置けば満員御礼になる広さだった。狭さをさほど感じないのは、家具を置いていないのと、ローベッドを選んだからだ。窓にはすだれのロールカーテンを取り付け、色は白と茶で統一した。白無地のふすまを開けたら、上段はクローゼット風になっている。すべて羽衣子がおこなった。家のことはすべて羽衣子にまかせている。

横向きになり、ふとんをはぎ、からだを起こした。音を立てぬよう注意した。もとより賢右はがさつな質《たち》で、動作音が大きい。アクションを起こすさいに意味なく声を発して勢いをつけるくせもある。それをこらえて、そうっと寝室を出たのは、羽衣子に気を遣っているせいだった。羽衣子にたいするとき、賢右はジェントルマンになる。

寝室を出て、リビングを横切り、トイレに向かう。トイレは二階につづく階段の隣に位置していた。

トイレのドアの上部にある小窓から灯りが漏れていた。階段の照明も点いている。こどもたちのどちらかが使っているのだろう。

こんな夜中に鉢合《はちあ》わせか。かすかに笑っていたら、水の流れる音がした。ドアが開く。ややうつむいて、みえ子が出てきた。

「うわっ」

目を上げ、賢右に気づき、声を上げた。

「もうやだ、遊佐さんたら。おばけかと思った」

胸に手をあて、ハーハーと息を吐き出しながら抗議する。

「ああ、いや、すいません」

賢右は両手でなにかを押さえるような身振りをした。謝罪の言葉は口にするのだが、いつものように頭は下げない。むしろ顎を引き、胸を押し出すようにしている。「驚かすつもりはなかったんですけどね」と人差し指で耳の後ろをちょっと掻《か》き、じゃ、まあ、というふうにトイレに入った。

小用を足し、トイレから出る。後ろ手でドアを閉め、寝室に戻ろうとしたところで、みえ子に気づいた。みえ子は階段の下の床に立っていた。壁に寄りかかり、指先で毛先をいじっている。会釈《えしゃく》してやり過ごそうとしたら、「あのー」と呼び止められた。振り向くと、

「お茶、飲んでもいいですか？」

なんだか目が冴《さ》えちゃって、と首をかしげる。

「どうぞ、どうぞ」

なるべく機嫌よく応じた。立ち去ろうとしたら、また「あのー」と声がかかる。

「遊佐さんもご一緒に、とか、どうでしょう?」

毛先を鼻の下に持ってきて、ひげのように見せた。唇をすぼめ、おどけ顔をこしらえる。賢右は噴き出しそうになった。素のままで充分ふざけた顔なのに、それ以上ふざけてどうする。

一月二十七日。みえ子がやってきて三日目だった。

初日はその特異な容貌に度肝《どぎも》を抜かれた。たがもピントも外れたような人なっつこさにも面食らった。

少々おつむが弱いのかもしれない。締まりのない表情でだらだらと喋《しゃべ》るみえ子を見て、賢右が想起するのは、いくら仕込んでもいっこうに芸を覚えない駄犬だった。不器量で愚《おろ》かな、しかし気はいい駄犬の持つ独特の面白みがみえ子にあった。みえ子がなにか言ったりしたりすると、賢右は可笑《おか》しくてならない。

噴き出す寸前で口を閉じたのだが、強い鼻息が漏れた。鼻水もちょっと垂れた。

「せっかくですが、明日も仕事なんでね」

パジャマの袖口で鼻水をぬぐって答えた。「お相手したいのは山々ですが……」と言葉尻をすぼめて、その場を立ち去ろうとする。

「んもー遊佐さんたら」

みえ子が肩をすくめ、クスクス笑う。

「大丈夫、襲わないから」

腕を組み、まじめくさった顔つきでつづけた。

「あーでも男と女が夜中にふたりっきりっていうのは、やっぱまずいかも、ですか？」

「いやいや、そんな心配はしてませんが」

苦笑しつつ答えた。みえ子は自分を「女」だと思っているようすである。夜中に賢右とふたりっきりでいるところを家人に見られたら誤解をあたえかねない「普通の女」だと。

「ですよね。もう男女を意識する歳でもないし」

したり顔でうなずくみえ子に、

「まだそこまで枯れちゃいないですけどね」

と言い返した。相手がおまえだからだよ、という言葉は辛《から》くも飲み込んだ。安いスナックで安い女と交わすような会話はまだ早い。いや、「早い」のではなく、してはいけないのだ、とすぐに思い直した。

一家のあるじとしては、威厳を保《たも》ちながらも鷹揚《おうよう》な態度で接したい。みえ子と顔を合わせるのはおもに夕食時だったが、この三日間はうまくできていた。駄犬と重ね合わせていたことなど、おくびにも出さなかったはずである。

「えー、でも、おしっこの切れ、よくなかったよ?」

「なっ……」

賢右は口ごもった。複雑な表情になった。まず、いささかギョッとしていた。日頃から抱いている不安を指摘されたような気がしたのだ。用を足す音を聞かれた面映《おもはゆ》さもあった。さらに、真夜中に、しかも唐突に、「おしっこ」という単語を聞いたせいで、こどものように笑いたくなる感覚も生じていた。

「聞こえちゃったんだもーん。ちょっと心配になっちゃった」

そんな賢右のようすなど頓着せず、みえ子があっけらかんと言い放つ。賢右は声を立てずに笑った。おまえなー、と唇が動いた。

みえ子とお茶を飲んだ。少し迷って、賢右は羽衣子の席に座った。みえ子は自席についていた。つまり、長方形のテーブルの、長い一辺の手前に賢右、短い一辺にみえ子。ちょうど九十度の位置になる。

一月のわりには暖かな夜だった。床暖房を入れたきりだったが、寒さはそんなに感じなかった。熱い番茶をズッと啜《すす》り、賢右はリビングに視線を延ばした。明かりのない広がりは先にいくほど暗くなり、夫婦の寝室に通じるドアが四角い祠《ほこら》のようである。

「夜中って、家も眠ってるみたいだね」

みえ子の言に賢右は驚いた。同じことを思っていたのだ。幼い時分に感じたことをふっと思い出していた。

「あのね」

ミルクたっぷりのココアの入ったマグカップを両手で包み、みえ子がつづける。

「うんとこどものときは、あたしが眠ったら、世界は閉じちゃうんだって思ってたの。起きたら、またひらくんだって。でも初めて夜中にひとりでお手洗いに行ったとき、あ、お家も眠ってるって気づいたのね。そうか、夜はみんな眠るから、みんなそれぞれ目をつむるから、だから、夜は暗いんだな、世界が閉じちゃうんだな、と考えを改めたんでした」

「生き物以外は目をつむりませんがね」

すかさず混ぜっ返したものの、賢右はみえ子の言葉に少しばかり胸が温まっていた。これは珍しいことだった。

抽象的かつ叙情的な表現で「思い」を語られるのが大の苦手の賢右だった。だからなんだ、と言いたくなる。おまえのくそくだらない話を聞かされる身にもなってみろ、と腹のなかで剣突《けんつく》を食らわすのがつねだった。

女だけではない。はっきりしない内容をボンヤリした言い方で得意気に語る男も心中で斬《き》って捨てた。あんなのは女よりもっとだめだ、と賢右は思っている。わざわざややこしい言い回しをしてみたり、なにかというと小難しい言葉や英語を使いたがる者もひっくるめて、オカマと腹のなかで呼んでいた。線の細い男も、髪の長い男も、賢右にかかればオカマである。髪は長くなくてもおしゃれにうつつを抜かしていればオカマだったし、運動音痴は問答無用でオカマだった。

斜め向かいの席をちらと見た。正平の席である。

幼いころから色が白くてやせっぽちで、おまけにチビで、運動神経はまったくなく、運動会の徒競走ではよくてビリから二番目だった。背は伸びたが、からだつきは華奢《きゃしゃ》なままだ。色白の顔は貧相なほどちいさく、唇などは女みたいな桃色をしている。

こちらがなにか言うと、まぶしそうに目を細め、桃色の唇をわざとらしく大きく開けて、アハハと笑う。快活そうに見せようとしているのだろうが、却《かえ》って陰気な雰囲気を漂《ただよ》わせる。苛々する。非常に苛々する。正平を見るたびに、賢右は頭のなかが熱くなった。

なぜ、おまえはおれのようではないのか、と詰め寄りたくなる。

もしも正平がみえ子と同じことを口にしたら、と賢右は仮定した。おそらく、まったく、おまえというやつは、とため息まじりにかぶりを振るだろう。頼むから、そんなくそくだらないことを抜かさないでくれ、とまるで正平がそこにいるように、見放すような目つきで空席を見た。

みえ子にたいしてはちがった。不器量で愚かな、しかし気はいい駄犬が人間の言葉を話したような感覚を覚えた。言い換えれば、それまで捉《とら》えどころのなかったみえ子という人物の内側に触れた気がしたのだった。

賢右が感じ取ったみえ子の内側は、うっすらと想像していたよりもふくよかで、香りがよかった。

賢右が「うっすらと想像」していたみえ子の内側は、目についたものを手当たりしだいに詰め込んだがらくた部屋のようなものか、ぬるぬるとした液体が永遠に滴《したた》りつづける穴の空いたバケツのようなものだった。

「でも、あたしが目をつむっても、世界は閉じないんだよね。世界はあたしに関係なく、ひらいたまんまなのよねえ……」

みえ子はカッパのように鼻の下を伸ばし、両の唇を巻き込むようにした。

「あ、なんかごめんね。湿っぽくなっちゃって」

「いや、いい」

賢右はひどくゆっくりと首を振った。いいんだ、そんなことは謝らなくて、と腹のなかでもう一度みえ子に声をかける。

みえ子の内側のさらに深いところに触れた気がしていた。駄犬にたとえると、言葉を話しただけでなく、折り畳んだひだを心に持っていたのだと気づいたのだった。

特異というより怪異な顔貌《がんぼう》を思い悩まない者など、この世にいないわけがない。みえ子とて例外ではなかったのだ。ひらいているはずの世界に受け入れられなかったみえ子の悲しみが賢右に伝わってきた。

　世界は、みえ子にたいしては眠ったふりをする。だから、みえ子にとって世界はつねに暗い夜である。みえ子にできるのは、目をつむって、この世界を、現実を、そのときだけは、自分のほうからなくすことだけだったのだろう。

　どのような経緯で、みえ子が現在のみえ子像に辿《たど》り着いたのかは分からない。ただ、並大抵の苦労ではなかったにちがいないということは分かる。

　たがもピントも外れたような人なっっこさ、おつむの弱そうな話し方、いずれも「世界」に受け入れてもらおうとする方法としてはいささか的外れである。顔貌の怪異さをより強く印象づける結果になるからだ。

　たいていはなんとかして目立たぬよう腐心するはずだ。つねにうつむき、余計なことは言わぬよう細心の注意を払うのではないだろうか。しかし、みえ子はそうしなかった。

　もしもおれが「世界」だとしたら、と賢右は考えた。

　みえ子がひとの顔色を窺《うかが》ってばかりいる、じめじめとした人物だとしても、表面上は失礼のないように接するだろう。しかし、これは拒絶とほぼ同じだ。みえ子からしてみたら、「眠ったふりをしている」状態である。

　ひるがえって、現在のような振り切った人物像のみえ子を受け入れるときは、「ふり」ではない。

なぜなら、拒絶しようと思えば、ひとつの痛みも感じずにできるからだ。みえ子は自分の顔の醜さに気づいていないように見える。そんな鈍感な者に傷つける心配など要《い》らない。配慮もしなくていい。ゆえに善人ぶって受け入れるふりなどしなくていい。みえ子の「世界」にたいするやり方は悪くないのかもしれない、と賢右は思った。少なくとも、おれにたいしては、まずまずの成果を上げている。

「仕事柄、毎日、ご家族を亡くされたかたを見てるじゃない？　あと、どんなひとだって、最後は骨になって、ちいさな箱に納まっちゃうんだなあとかね、そういうこと考えると、やっぱり、あたしが目をつむったら世界は閉じちゃうのかあとか思うのよね。つづいてるし、ひらいてるんだけど、あたしのなかでは閉じちゃうの」

ああ、と賢右はうなずいた。みえ子の勤め先は公営斎場だった。火葬場も併設《へいせつ》していると聞いた。

「いや、まあ、公務員も大変ですね」

よくある世間話に持っていこうとした。みえ子がまだ「世界」と闘っているのだと察したからだ。あわれだった。それ以上、なにもいうな、おれは、ほら、おまえを受け入れているじゃないか、と励ましてやりたい衝動に駆られ、それがちょっと照れくさかったのだ。

「ちがうよ？」

すっぽ抜けたような声が返ってきた。

「パートだよ？　売店の」

「え？」

応じる賢右の声も少々間が抜けていた。

「……失礼しました。公務員だと家内が」

と、素早く態勢を立て直す。

「やだ、それ、勘違い。働いてる場所が公営斎場だから公務員なんだなって、ウイちゃん、単純に思い込んじゃってるのかも。でもあたしは売店勤務だから。ジュースとか売ってるの。マスクして」

「マスク？」

鸚鵡《おうむ》返しをした。胸のうちでは羽衣子からみえ子のプロフィールを聞いたときのことを思い出していた。たしかに公務員だと言っていた。勘違いをしているのか、みえ子を遊佐家に居候させたいあまり、信用できる人物と認めさせたくて嘘をついたのか、どちらかだろうが、どちらでもいいと思えた。いずれにしても、賢右からすれば、可愛い女だ。

「うん、マスクすれば、ちょっとはましでしょ？」

「なんだそれ」

たちまち賢右は憤慨《ふんがい》した。頭のなかが熱くなった。

「それは、あれか？　やらされてるのか？　それともおまえさんが自主的にそうしてるのか？」

言いながら、賢右の目は向かい側の席に移った。そこはいずみの席だった。万が一、いずみがそのような目に遭わされたら、と思うと、頭のなかがいよいよたぎる。

いずみはいつどんなときでも親を見下してかかり、隙《すき》あらば楯突こうとする。小生意気な娘だ。なまじ頭のできがよく、口が達者なものだから、たちがわるい。

ことに賢右が気に障《さわ》るのは、親の発言のちょっとした言葉尻を捉えたときのいずみの表情だった。

にやり、と不敵な笑みを浮かべるか、呆《あき》れ返ってみせるか、実にいやそうな顔をするのかのちがいはあるものの、いずれにしても、見るたびに、賢右は頭のなかが熱くなる。ぷつぷつと赤いあぶくを立て、沸き返る感じがする。冷静になろうと唾を飲み込むと、ごくちいさな血のかたまりが少しずつ下りていくような気がした。

この血のかたまりを、賢右は赤っ玉と呼んでいた。日になんべんも赤っ玉は上下する。ときに賢右ですら呆れるほどささいなことでも跳《は》ね上がる。難儀である。最近始まったものではなかった。幼い時分からそうだった。物心ついたときから、賢右は、赤っ玉が上がるたび、下ろす作業を辛抱《しんぼう》強くつづけていた。

唾を飲み込み、赤っ玉を下ろそうとした。

どんなに小生意気でも娘は娘。人前に出せる顔ではないとマスクを強要されたとしたら、怒りに震える。自ら進んでしたことだとしても、それはそれで無性に腹が立った。やるせなさが爆発し、怒りに転じたのだ。

賢右は、いずみにかんして、いい大学には入ったが、あのご面相と、あの気性では、女の幸福を手に入れるのは無理だろう、と考えていた。嫁にもいけず、こどもも産めないまま、進歩的と本人だけが思っている、みょうに威勢のいいオバちゃんになってしまうのが落ちではないか、と半ば諦めていた。

責任は感じていた。いずみの容姿は賢右によく似ている。隣の席をちらと見て、羽衣子の容姿を受け継いだ正平に一瞬、思いを馳《は》せた。

あべこべだったらよかったのに、といつも思うことを思った。いずみが男で、正平が女だったらなあ。そしたら、おれと羽衣子みたいに人生がうまくいくのに、現実はその逆だからなあ。

いずみが女で、正平が男なのは、本人たちにとってもつらかろう、と、こどもたちに同情を寄せる。これもまた、いつものことだった。いずみの将来を思うと、賢右は憂鬱《ゆううつ》になる。正平の将来を思うと、暗澹《あんたん》たるきもちになった。

ちいさいころは、ふたりとも、おとうさん、おとうさん、とまとわりついて、いつだって「すごい」という目で見上げていた。「だーいすき」とぶつかるように寄っかかってきた。

休みの日には、疲れの残ったからだで、やれ奥多摩《おくたま》だ、マザー牧場だとあちこち連れて行ってやった。夏休みには旅行にも出かけた。海外だ。ハワイ、オーストラリア、バリ。分厚いステーキをたらふく食べさせたし、おみやげもどっさり買ってやった。

なのにふたりとも、ひとりで大きくなった顔をして、好き勝手なことをしている。ちっともおれの思った通りに育っていない。

いかん、と賢右はかぶりを振った。唇をつぼめて息を吐き、赤っ玉を下ろそうとする。

「あたしが考えたの。だって、バイトできるようになったのは縁故なんだもの。親が向こうのえらいさんに圧力かけて、採用してもらったんだから、やっぱ、あたしとしては、できるだけのことはしなくちゃ、だよね」

「……そうか」

賢右は深くうなずいた。赤っ玉はまだ疼《うず》いていたが、胸には同情と感動がじんわりと広がっていた。

「……なんだか、すごく話しやすいなあ」

みえ子が満足そうに息をついた。

「あたしの話をこんなにちゃんと聞いてくれたのは賢右さんが初めてかもしれない」

ありがとうございます、と礼を言われ、賢右は胸を張って、うなずいた。

いずみ

二階の西側にある七畳間。東側にふたつ並んだいずみと正平の部屋とは対面に位置する。そのあいだに、広めの廊下というか、ちいさなスペースがある。こどものときは、そこがいずみと正平の共有するあそび場だった。

階段を上がって、いずみはかつてのあそび場で足を止めた。北側の部屋のドアがほんの少し開いていて、そこから明かりが漏れていたのだ。

見ると、みえ子の横顔が覗いた。隆起というもののない、ボールのような横顔だった。ふとんに腹這《はらば》いになっている。パソコンでドラマか映画を観ているらしく、そのような音が聞こえた。ガサガサとスナック菓子の袋に手を突っ込む音もひっきりなしに聞こえてくる。

一月三十日。みえ子が遊佐家の居候となり、今日で六日目。

いずみはみえ子と初日の夕食よりほかに食卓を囲んだことがなかった。

大学二年生のいずみと社会人のみえ子とでは生活の時間帯がちがうらしい。

初日の夕食は、みえ子の歓迎会を兼ねていて、家族全員顔をそろえよ、とケンスケから号令がかかっていた。バイトが休みの日だったから、ちょうどよかった。

いずみは心のなかで、父を呼び捨てにしていた。犬の名を呼ぶように呼んでいる。むろん、犬のように可愛く思っているわけではない。ケンスケが犬なら躾《しつ》けられるのに、とたまに思うが。

とまれ、ひとつ屋根の下で暮らしているのだから、みえ子とは時々顔を合わせた。一時限から授業があり、いずみが早起きしたときや、授業が早く終わり、いったん帰宅してからバイトに出かけるときなどだった。いずれも挨拶をして、ふたことみこと会話をするきりだった。みえ子の仕事は平日が休みで、土日も出勤するらしい。

いずみが家で食事をとるのは、朝食くらいのものだった。昼は大学で食べるし、夜はバイト先のまかないで済ませている。バイト先は、まつおかという蕎麦《そば》屋である。大学一年のときから、二年間もつづけている。週に一度の定休日には、大学帰りに街をぶらつき、目についた店で夕食をとっていた。友人と一緒のときもあるが、ひとりのときのほうが多い。

「あれえ、いずみちゃんだー」

みえ子がこちらに顔を向けた。「おかえりなさーい」と声をかけられ、「ただいま、です」と答える。軽く頭を下げ、自室に足を向けたら、また声がかかった。

「お蕎麦屋さんでバイトしてるんだって?」

「そうですけど」

「えらいよねえ、地道にひとつのところでバイトしつづけて。女子大生なのにチャラチャラしてないよね」

「……女子大生の皆が皆、チャラチャラしてるわけではないんですが」

「いずみちゃんが通っている大学にはいないんだ、そういうタイプ」

「でもないですけど」

　キャバクラやガールズバーでバイトしたり、読者モデルをやったりしていて、マスコミ関係者とか芸能人との合コンに参加しているひとはいるようだが、そういうひとたちがみえ子の言う「チャラチャラ」にあたるのかどうかよく分からなかった。女の子であることを満喫しているな、と思うけれど。

「あたしんときは、チャラチャラしてるひと多かったよ。あたしは乗り遅れちゃったクチだけどね」

「大学、行ってたんですか？」

「うん。経済学部。税理士の資格、取るようにって親に言われちゃったから」

「取ったんですか？」

「取ったよ。親の会社の経理みてるよ」

　会社って言っても、税金対策の不動産管理会社なんだけどねー、とみえ子はポテトチップスを口に運んだ。シーツにこぼれたかすを手で払う。

資産家のひとり娘のわりには行儀が悪い、といずみは思った。というか、みえ子には良家の子女という雰囲気がまったくない。まあ、資産家といっても良家とはかぎらないだろうし、と胸のうちで折り合いをつけた。

「でも、お仕事、お持ちなんですよね」

公務員でいらっしゃると伺《うかが》いましたが、という言葉にかぶせて、みえ子が、「あ、それ、ちがうから」と顔の前で手を振った。

「ウイちゃんが気を遣ってくれたんだろうけど、あたしはただのパートのおばちゃんなんだ」

「……ああ、そうですか」

いずみはダッフルコートの留め具を外した。かすかに頬がゆるんでいた。ウイちゃんには見栄っ張りのところがあるから、と口のなかで言った。とくに家族にたいしては、とちいさく肩をすくめる。

「パートと、ご実家のお手伝い、二足のわらじってやつですね」

お疲れさまです、と頭を下げ、自室のドアのノブに手をかけた。

「お手伝い、っていうか、あたし、これでも取締役だから」

つんと威張《いば》ってみせてから、なーんちゃって、とみえ子は短く太いからだをごろりと仰《あお》向《む》かせた。大の字になり、手足をばたつかせて、笑う。持ったままのポテトチップスの袋から、中味がこぼれ、ばらまかれた。

いずみはなんとなく笑った。いわゆる愛想笑いだったが、そう儀礼的なものではなかった。

垣間《かいま》見たみえ子の生活態度には不快感を覚えていた。ただし不快一辺倒ではなかった。みえ子は見た目や話し方から受ける印象通り、だらしなく、不潔である。それがいずみに一種の快《こころよ》さをもたらしていたのだった。自分のほうが、まだまし、と思ったからである。「まだ」どころか、たぶん、「ずっと」ましだと。

いずみは自分が不器量だと自覚していた。いつからだったのかは覚えていない。気づいたら、自認していた。中学生のときに、目指すべきは「清潔感のあるブス」だと思い立った。顔立ちはどうすることもできないけれど、こざっぱりとした身なりをし、誠実を旨《むね》としてひとと接すれば、きよらかさが滲《にじ》み出ると考えた。以降、身ぎれいをこころがけ、友人との約束はたがえず、学業、部活、なにごとも誠心誠意努めてきた。

もしも中学生のときに目標を立てず、また努力もしなかったら、みえ子のようになっていたかもしれない。みえ子もわたしも、自分が不器量であると認めた点はおそらく同じだ。けれどもみえ子は易《やす》きに流れた。顔立ちに、生活態度を合わせてしまったのだ。

多くのブスは、ブスというだけで不潔感、不透明感が漂う、というのがいずみの持論だった。いずみが「清潔感のあるブス」を目指したのは、「透明感のあるブス」よりもいくぶんかはハードルが低いと思ったからである。

ドアノブから手を離した。みえ子のほうにからだを向ける。

「慣れました？　もうすぐ一週間になりますよね」

そう問いかけた。普段、家族に向ける冷笑的な態度ではなかった。ほんの少し顔をかたむけ、口元には比較的親しげな笑みをたたえていた。

愚かに見えるみえ子だったが、税理士の資格を持っていると聞き、考えを改めた。わりあい優秀なのだろう。そこにも、いずみは共通点を見いだした。みえ子も自分と同じく「ブスだけど頭がいい」と周囲に思われつづけてきたにちがいない。

そうして、やはり、いずみは、自分のほうがましだと思った。顔立ちはわたしのほうが見やすいし、それにきっと、わたしのほうが頭がよい。みえ子に出身大学名を訊きたかったが、我慢した。そういう質問は品がない。

「おかげさまで。ここん家《ち》のひと、みんないいひとだから。みんな親切にしてくれて、あたし、ときどき、柄《がら》にもなくジーンとしちゃう」

胸にのせた両手を重ね、みえ子は目をつぶった。ポテトチップスのかすがついた口元をゆるませている。

「へえ」

いずみは一応そう受け、みえ子の部屋にからだを向けた。

ぱちっと目を開けたみえ子が、素早い動きでからだを起こした。ふとんの空いたスペースを手で叩く。ここに座れ、というふうに嬉《うれ》しそうにうなずいた。

「いずみちゃん家のひとたちは、ほんとにいいひとたちだよ。ホームドラマに出てくる、架空の家族みたいに感じがいいよ。……正平くんはね、ほら、今、ちょっとむずかしい年頃だから、ぶっきらぼうなとこ、あるけど」

うん、でもいい子にはちがいないよね。ほんとうはいい子なんだよ、とみえ子はよつんばいになり、部屋のすみまでハイハイした。組み立て式のチェックの段ボール箱を覗き込む。ポテトチップスとチョコレートを手に振り返り、「甘いのとしょっぱいのとどっちが好き？」と訊いた。

「もう遅いので」

やんわりと断りながら、いずみはみえ子の部屋に入り、ふとんのそばに座った。「まーそう言わずに」とみえ子が二種類のお菓子の封を切り、いずみの前に置いた。またチェックの段ボール箱に戻る。サイダーを抱え、膝歩きでやって来て、「ぬるいけど、そのほうがタンサンが弱くなって飲みやすいでしょ」といずみに渡す。

「……正平、ぶっきらぼうでしたか？」

持たされたサイダーを膝の脇に置き、いずみは訊ねた。めずらしいこともあるものだ、と思っていた。正平が無愛想な顔を見せるなんて。

「あいつ、つねに謎の微笑を浮かべてるんですけどねえ。で、ときどき無理に大笑いしようとするんですよ」

そうつづけ、目を細め、アハハのかたちに口を開けてみせた。

「正平くんはここん家でいちばんのおちびさんだからね。正平くんなりに気を遣ってんじゃないのかな。家庭内処世術っていうか。あたしにはつい気を遣うのを忘れちゃうのかもね。だって、あたしは通りすがりの人物じゃん？　ずうっと付き合う必要ないし。別に無理して付き合わなくていいんだし」

みえ子の分析にいずみは深くうなずいた。先ほどの「ホームドラマに出てくる、架空の家族みたいに感じがいい」という発言を思い出す。遊佐家の面々をそう捉えたみえ子の洞察力にまず驚き、それから、やはり深くうなずいたのだった。

我が家のメンバーには、家庭内でも外面《そとづら》をよくしようとするところがある。いずみはかねてからそう考えていた。みえ子はそれを端的に言い表した。シニカルな比喩《ひゆ》も、いずみの好みだった。

どうやら、みえ子とは話が合うようだ。みえ子の話し方はべちゃべちゃしているし、だらしない性格のようだし、一風変わったパーソナリティのようだけれど、インテリのなかには、そのような人物がたまにいる。やっと、この家に、まともに話のできるひとがあらわれたらしい。

「たしかに。正平の謎の微笑とアハハ笑いは、攻撃を未然にかわすための防御策でもあるんですよ」

「こうげき？」

みえ子が噴き出した。「大げさなんだから」といずみの肩を肘で小突く。

「いやいやいや」

いずみも少し笑い、「実はですね」と話し出した。牛乳のエピソードだ。

正平は、毎日、牛乳を飲んでいる。ケンスケに言われたからだ。以来、欠かしたことがない。ケンスケの牛乳にたいする信頼は厚く、ケンスケ自身、朝と寝しなにかならず飲む。

「こうやって牛乳を毎日飲んでいれば、からだも丈夫になるし、骨も太くなる」

父は正平にそう言って、力こぶをさわらせた。正平が小学校低学年のときの、ある朝だった。そのころ、正平は背が低く、やせっぽっちで、こめかみに青い血管が浮いていた。

「もちろん、背も高くなる。足も速くなるかもしれない。もうだれにもオカマみたいだなんて言われなくなる」

と豪快に笑っていたが、正平をオカマ呼ばわりするのは父だけだった。

「おねえちゃんも牛乳を飲んだほうがいいな」

父はいずみにも勧めた。

「飲めば、白くて柔らかい肌になるんだ、女は。コーヒーを飲みすぎたり、醤油《しょうゆ》をとりすぎると、ますます黒くなるぞ」

肌ぐらいよくないとなあ、と独白し、トイレに立った。

「根拠は？」

いずみは椅子の背に肘をかけ、振り返って、ケンスケに訊いた。

「ああ？」

なんだって？　ケンスケも振り返った。

「牛乳飲むと女は肌が柔らかく、白くなるっていう根拠」

ケンスケは一瞬むんっと顔を赤くしたが、かぶりを振ってみせることで、頭にのぼった血を下げたようだった。

「かわいげまでなくっちゃ、もう」

これみよがしに息をつき、

「どうしようもないぞ？」

と、厚い胸板をそらせた。パジャマの襟元から、黒い胸毛が覗いていた。

「うちのケンスケ、田舎《いなか》の工業高校からスポーツ推薦で大学入っただけあって、たいへんな非科学っぷりで」

　いずみは肩をすくめてみせた。「わたしたちは通信制高校卒業のご近所アイドルと筋肉ばかのこどもなんだよ。自分たちの力でしっかりしないと」と正平に説教をしたことは黙っておいた。

　ウイちゃんがステレオカセットプレイヤーのCMに出演したことや、池袋のオムライス専門店で働いていたときには男性誌で紹介されるほど人気のご近所アイドルだったたと知ったのはいずみが小学生のときだった。ウイちゃんが、よそのおかあさんたちより美しいと気づいたのは、それよりもう少しあとである。

「つまり、そういうことなんですよ。わたしも正平も親から『教育』とか『しつけ』の名を借りた攻撃を受けていたわけなんです」

　言うと、みえ子は首をひねった。「そうかなあ」と何度かつぶやく。「いずみちゃん、考えすぎ?」と両方の人差し指でいずみを指し、だらりと笑ったあと、面白そうにこう訊いた。

「ウイちゃんからはどんな攻撃を受けたの?」

「……どんな、って」

　いずみは一瞬口ごもった。あれこれと言葉を探し、見つけられないまま、「ウイちゃん」について語った。

ウイちゃんは、毎日早起きして、いずみと正平に栄養満点で、色彩ゆたかなお弁当を作ってくれた。クッキーやケーキなど、おやつはほとんど手づくりで、どれも、すてきに甘かった。

「いずみの箱」、「正平の箱」というものもつくり、ふたりが今までもらってきた賞状や、答案用紙、通知表、習字や絵、ちいさな体操服や石ころや押し花などをしまっていた。それぞれの思い出の品はファイリングされていたり、透明なビニール袋に入れてあって、ひとつひとつに日付と、ウイちゃんの手による雑感——初めての運動会。ふたりともがんばりました。ぱちぱちぱち、というような——を記した白い紙が一緒に入っていた。さらにウイちゃんはアイロンをかけるのが上手で、掃除好きで、家のなかはいつも整頓されている。

「いいおかあさんじゃない。もーなんか完璧って感じ。ウイちゃんらしいなあ」

みえ子が拍手した。大きく口を開けていたので、乱れた歯並びがすっかり覗いた。

「だからですね、その『完璧』な感じがウイちゃんの攻撃なんですよ」

ウイちゃんが母親というだけで、わたしへの攻撃になるんですよ、といずみは胸のうちで言った。分かりませんか？　分かりますでしょ？　という目でみえ子を見る。

「……ウイちゃんは綺麗なだけじゃなくて、なんかこう、キラキラしたものを振りまいている感じするよね」

いずみの声なき問いかけに答えるようにみえ子が言った。

「そうなんですよね」

言葉ではあらわせなかったが、ウイちゃんの「感じ」が、ほかの母親たちとちがうのには、ものごころがついたころから気づいていた。

ウイちゃんは、なんだか知らないけれど、金粉が飛んでいるようなキラキラとした空気をまとっている。どんなにたくさんひとがいても、ウイちゃんにだけ光が当たっているように見える。

「まーでも、結局、ご近所アイドルどまりですからね。芸能界に燦然《さんぜん》と輝く超人気アイドルにはなれなかったんですから。いくらキラキラしていてもたかが知れてますけどね」

独白めいた口調でつぶやいた。この言葉は、いずみが自分自身をなぐさめるために、よく使うものだった。心中でつぶやくとき同様、いずみの口元はかすかにゆるんでいた。目も柔らかに細められている。

どんなに見下げても、ウイちゃんは綺麗だし、そして自分の不器量さは変わらない。けれども、この言葉だけが、いずみをなぐさめてくれる、ただひとつのものだった。だれかから、やさしい言葉をかけられたようで、表情が和らぐのだった。それが自分から発せられたものだから、微笑にほんの少し苦さが混じる。

「あれ?」

みえ子が素《す》っ頓狂《とんきょう》な声を上げた。

「いずみちゃん、今、一瞬、ウイちゃんに似てた!」

「え?」

「い、いや、くりそつだったよ! 一瞬だったけど」

みえ子の言葉に、いずみは「……そんな」とうつむいた。耳まで赤くなっていた。

「そういうの、いいですから」

ほんと、お気遣いなく、と口にするやいなや、みえ子が「ほんとだってば」といずみの両腕を掴《つか》んだ。

「やっぱ、親子なんだなあって思っちゃった。ふとした表情に出るもんなんだねえ。遺伝子、すごいね」

「ウイちゃんに似てるのは正平のほうですよ。わたしはケンスケの遺伝子が強烈に出てしまって」

「あー、正平くんはウイちゃん似だよね」

いずみは、みえ子に「一瞬ウイちゃんに似ていた」ともう一度言わせたくて、否定したのだが、みえ子の興味は正平に移ってしまったようだった。いずみの両腕を掴んでいた力がゆるんだので、そうと知れた。

「でも、正平くんは、タカちゃんのほうにもっと似てるんだ」

みえ子はいずみの腕から手を離し、ゆうらりと視線をさまよわせた。なにかを思い出しているようすだった。つられていずみも部屋のなかを見回した。

あるシーンがよぎった。いずみが覚えているかぎり、最初の記憶だ。

窓の桟《さん》に男のひとが腰かけている。お尻を片方乗せる腰かけ方だ。長い足を持て余し気味にしていた。

音楽がかかっていた。音はあまりよくない。たぶん外国の曲だ。ビッグバンドジャズのよく知られた曲だと思うのだが、はっきりしない。ラッパやピアノやベースの音が軽快に鳴り響いていた。うきうきするような曲調だった。

おそらく、いずみは踊り出した。ダンスといっても、ステッピングしながら自転するだけのものだっただろう。笑い声を上げながら、くるくる回ったのを覚えている。

そうしているうち、躓《つまず》いて転んだ。カーペットとふとんの境目に足を取られたのだ。だから、あの部屋ではふとんが敷きっぱなしだったと知れる。シーツや掛けぶとんが乱れていたとも知れる。転んで、そのような状態のふとんに頰をつけた記憶がある。

窓の桟に腰かけていたひとが、そばにきて、起こしてくれた。長めの前髪を横分けにしていて、レモン色のセーターか、シャツか、Tシャツを着ていた。ズボンは白くて細いデニムだった。

起き上がったいずみと、そのひとは、一緒に踊った。つないだ手を揺するだけのダンスだったが、いずみはとても愉《たの》しかった。そのひとは、たまに腕を上げ、いずみをくるりと回してくれた。


この部屋で起こった出来事だったにちがいない。

天井、窓、壁。ゆっくりと視線を移していくうち、いずみは確信した。特に、窓だ。そのひとがお尻を半分腰かけて、長い足を床に置いていたさまが見えるようだった。さらに、窓からオレンジ色の強い日差しが射していて、最初に見たとき、そのひとの全体がシルエットになっていたことも思い出した。依然として口を開け、視線をさまよわせているみえ子に声をかけた。

「みえ子さん」

「んー?」

ゆっくりと振り返ったみえ子の目はとろんとしていて、まだ夢のなかにいるようだった。だが、いずみが「最初の記憶」を話し出したら、活気が戻った。目をいきいきと輝かせながら、しきりにうなずく。大きくうなずく。

「今にして思うと、あれがわたしの初恋だったんじゃないかなあ、と思うんですよね。だれだったのかなあ、あれ」

いずみがそう締めくくったら、みえ子は天井を仰《あお》ぎ、目をつぶった。ふう、と長い息を吐く。目を開け、いずみに顔を向けた。

「いずみちゃんて親を名前で呼ぶんだね」

唐突に話題を転じる。

「あたしもだよ。あたしも親を呼び捨てにしちゃうタイプなんだ。中学生になったときには、あのひとたちの限界を見破ってた」

小生意気な娘ですよ、と両方の親指で自分を指してから、二本の人差し指をいずみに向けた。

「でも、ロマンチストの一面もあったりして」

みえ子の言葉にいずみは頰を赤らめた。

羽衣子

幼い時分から、羽衣子の美しさは際立《きわだ》っていた。

こぼれ落ちそうな大きな瞳のせいで、十になるかならないかまでは愛くるしさが勝《まさ》っていたが、その後は端整な容貌に磨《みが》きがかかった。からだつきも申し分なかった。手足はすんなりと伸び、胸はふくらみ、胴はくびれ、尻は甘い丸みをおびた。色は白く、蒸《む》し立ての月見餅みたいにつやつやと濡れていた。

瞳は依然としてやや突出気味だったが、成長するにつれ、さほど気にならない程度に収まった。瘦《や》せ型だが、頰がいくぶんふっくらしている点とあいまって、正面を向けば可愛らしさが前に出る。しかし、いったん向きを変えれば、高価なカメオに彫《ほ》られたような横顔があらわれた。

羽衣子が自分の美しさに気づくまでには、少し時間が必要だった。あつまる視線の意味を取り違えていたのだ。

生まれ育ったのは東京のはずれだった。二階建てアパートの一階に住んでいた。六畳の和室に台所が付いた1Kに母と一歳下の弟との三人で暮らしていた。トイレは共同で、風呂はなかった。ちいさいころの夏は、玄関先に出したビニールプールで風呂代わりに行《ぎょう》水《ずい》した。冬は濡らしたタオルでからだを拭くことが多かった。

母の仕事は、あちこちの倉庫での軽作業だった。トラックで運び込まれた衣類の入った段ボール箱を下ろしたり、加工食品にひたすらシールを貼ったりしていた。

身なりにかまわないひとで、だいたいは、ジャージか、ジャージに似たような恰好《かっこう》をしていた。伸びっぱなしの髪は、幅広の輪ゴムでひとつに括《くく》った。輪ゴムを外すと、切れた髪の毛が絡まっていた。

母は、また、身ぎれいにする気もなかった。清潔という観念が薄いらしく、洗濯はほとんどしなかった。したとしてもちゃぷちゃぷとゆすぐ程度で、かたちばかりに絞ったあと、黒ずんだ物干し竿《ざお》に引っかけた。基本的には、安い衣料を買い換えてしのいでいた。

　掃除はまったくしなかった。ものもゴミもいっしょくたになった部屋だった。一家の主食はジャムやマーガリンを塗った食パンと牛乳と袋菓子だったが、たまには寿司を奮発した。牛乳の空きパックと寿司の空き箱は、なまものが腐った臭いを放ち、ジャムやマーガリンの空き箱からもべたべたとした悪臭が漂った。

　一応はレジ袋や紙袋に入れておくのだが、それでも臭いは漏れ出てくる。袋のなかでちいさな黒い虫がブンブン飛んでいた。外に出てくる虫もいたが、袋のなかにいる数にくらべたら、たいしたことはなかった。

　敷きっぱなしのふとんも、雑多なもののなかに埋もれていた。夜寝るときは、掛けぶとんのはしを両手で持って、ばふばふと波打たせる。ものが散らばり落ちる音が立ち、それが「もう寝ますよ」のサインだった。

　姉弟がちいさなころはひと組のふとんに親子三人で寝ていたが、小学校の高学年になると、それぞれに掛けぶとんが与えられた。姉弟は就寝前に、雑多なものに埋もれた掛けぶとんのはしを両手で持って、ばふばふと波打たせた。ちょっと大人になった気分だった。

　とはいえまだまだこどもだったから、薄いふとんに海苔《のり》巻きみたいにくるまって、いもむしのような動きをしてみたり、シュラフでひと眠りする探検家ごっこをしてみたりした。

銭湯《せんとう》には母の気の向いたときにしか行かなかった。週に一度行けばいいほうだった。大抵は母が休みの日の夕方だった。ずいぶん、さっぱりした。帰り道では、濡れた髪のまま、のぼったばかりの白い月の下に輝くちいさな星を指差した。

母の休日前夜に銭湯に行くこともあった。羽衣子の記憶では、年に一度か二度だった。その明くる日には、かならず電車に乗って、綾瀬《あやせ》川まで出かけた。三人そろって草がぼうぼうとはえる川原に立つ。息を深く吸い込んでから、卸売《おろしう》り団地に向かって母が叫んだ。

「孝文《たかふみ》さあん。孝文さあん」

引きちぎられるような声で、だれかの名前を呼ぶ。

「孝文さあん。孝文さあん」

膝を曲げ、からだをこごませ、力いっぱい、そのひとの名を叫ぶ。母は、生まれたばっかりの赤ん坊みたいに泣きながら、何度も、何度も、そのひとの名を呼んだ。

姉弟が母に倣《なら》うことはなかった。手をつないで、四角い団地をじっと見ていた。母は川原で名を呼ぶそのひとにしか関心がなかった。そのひとにだけ、感情が動くようだった。

そのひとと別れてから、母はずっとそうだったのだろう。普段の母は、なにをやるにも億劫《おっくう》そうで、どろりと鈍《にぶ》い表情をしていた。年齢よりも老けて見え、その老け方がおばあさんになっていくというより、うろんな生き物に変化していくようだったから、目鼻立ちのよさに気づくひとはいなかった。

弟の孝史も羽衣子同様、整った顔立ちをしていた。

バランスのよい体型も似ていて、美しい姉弟だった。ただし、孝史のほうは、ゆっくりとしか数を数えられないようなところがあり、顔つきに、いくぶんかのゆるみがあった。

古びた安アパートに住んでいても、くたびれた洋服を着ていても、汗や埃《ほこり》で髪の毛の一部分が固まっていても、ふたりの容姿は見知らぬ大人たちの目を惹《ひ》いた。みゃあみゃあと鳴く薄汚れた野良猫に混じった稀《まれ》に見る美猫にたいするように、あら、可愛い、と声をかけ、なにか美味しいものを与えたそうにした。

近所の大人たちも、ふたりの美貌《びぼう》は認めていた。だが、無愛想で半病人みたいな風情《ふぜい》の母親や、一家のだらしなさも知っていたから、複雑なまなざしでふたりを見た。同情し、先行きを案じ、けれども、そういう親の許《もと》に生まれたのだからしょうがないと諦め、結局は、ふたりを見かけるたびに、いかにも惜《お》しいというふうに、「あら、可愛い」と言った。

長ずるにつれ、ふたりの容姿に目を留めるひとたちの年齢の幅が広がっていった。道を歩くと、若者や同じくらいの歳の男女にまで振り向かれるようになった。そこで初めて、羽衣子は自分に向けられる視線が同情ではないようだと気づいた。

孝史は成績がふるわず、運動も得手ではなかったから、学校ではみそっかすだった。ませた女子連中がエドガーだかアランだか少女漫画の登場人物のあだ名をつけて、孝史をからかうくらいで、平生は、勘定に入らない者として扱われた。羽衣子は学校でも浮き上がるように目立った。羽衣子がひとりいるだけで、「可愛い」の基準がぐんと上がる。羽衣子にくらべたら、可愛いといえる女の子など、学校にはいなかった。近隣の学校にもいない。

中学校に上がるころには、よその学校から羽衣子を見にくる男子生徒が絶えなかった。高校生も見にきた。バイクや、極端に車高を落とした車で乗り付け、羽衣子はどこだ、羽衣子を出せと喚《わめ》く輩《やから》もいた。

その「輩」のひとりと羽衣子は付き合い始めた。中学一年の秋だった。相手は十八歳で、自動車整備の仕事をしていた。

羽衣子が、暴力団ともつながりを持つと噂《うわさ》の、地域の不良グループのリーダーと彼氏彼女の間柄になったのは、むしろ賢明だったといえる。

でなければ、声をかけたのに無視され、恥をかかされたと思い込む直情的な者たちや、一心に羽衣子を思うあまり鬱屈《うっくつ》した者たちや、欲望をふくらませるだけふくらませた者たちが、いつ暴発するか知れないからだ。リーダーは、全力で羽衣子を守った。羽衣子が怖がるから、つねに配下の者を数人つけて、ボディガード代わりにした。

羽衣子は不良グループの一員と見なされるようになった。実際はそうではなかった。リーダーと交際していただけだ。かれのバイクに乗ったことはあったが、かれらの集まりに顔を出したことはなかった。たまり場に足を運んだこともない。

それは孝史も知っていたのだが、かれは、周囲に、姉はちょっとしたわるだと触れ回った。姉の威光を借り、クラスのなかでみそっかすにされ、一部の女子のなぐさみものようになっている現状を、孝史なりに打破しようとしたのだろう。

孝史本人も不良グループに入りたいようだったが、それは羽衣子が許さなかった。猛々《たけだけ》しい者たちの集団に孝史がなじめるとは思えない。孝史に直接頼み込まれたリーダーも取り合わなかった。リーダーは、羽衣子と孝史をなるべく自分とは違う世界に置いておきたいようだった。孝史を「使えないやつ」と見抜いたこともあっただろうが。


羽衣子には、友だちがいなかった。

小学生のときも、仲よしと呼べる友だちはできなかった。親しくなりかかると、彼女たちは羽衣子から離れていった。あの母親のこどもだから、と親にいわれたのかもしれないし、彼女たち自身が羽衣子の持つ独特のムードを感じ取り、距離を置こうとしたのかもしれない。

彼女たちは、まだ羽衣子のたぐいまれな美しさに気づいていなかったが、羽衣子の放つ霊気のようなものは感じ取っていた。みんなであそんでいても、羽衣子の周りだけに光が集まるような気がする。羽衣子だけがいつでもほのかな明るさに照らされているようで、ほんのちょっと、いやなきもちになる。羽衣子に笑顔を向けられると、ゆえなく少しだけ気圧《けお》され、それもまた、面白くなかった。

浮き上がるように目立つ中学校では、女子からあからさまに避けられた。敬して遠ざかるというふうであり、単に嫌っているようでもあった。どうやら、彼女たちは、羽衣子を持てあましているようだった。どう接していいのか決めあぐねているようすで、基本的には小学校時代と変わりなかった。

須山みえ子だけが例外だった。

中学校から一緒になったみえ子は、まっしぐらに羽衣子に向かってきた。羽衣子と、だれよりも親しくなりたいというきもちを隠さなかった。

「三田村《みたむら》さあん。三田村さあん」

遠くからでも羽衣子を見つけたら、大きく手を振り駆け寄ってくる。

「三田村さあん。三田村さあん」

みえ子の羽衣子を呼ぶ声が、羽衣子のなかで、川原で叫ぶ母の声と重なった。みえ子の声と、母の声は同じ質だと思えた。みえ子は泣きはしなかったが、みえ子の声のようすは、生まれたばっかりの赤ん坊が力を振り絞って泣くようだった。

母は、もう、川原には行かなくなっていた。まだ四十歳になっていなかったが、ますます生気がなくなり、やれ肩がこった、腰が痛い、とにかく怠《だる》いと、横になってばかりいた。仕事も休みがちになっていた。

母の仕事の報酬は日払いだったので、四日働いて家賃のぶん、二日働いて姉弟の給食費のぶんというように、毎月の掛かりを勘定して仕事先に向かっていたのだが、だんだんと、それすら面倒になったようだ。

必要最低限の収入を確保すればそれでよしとしたらしく、姉弟の通う学校での費用は切り捨てた。羽衣子が中学二年生に進級し、孝史が中学校に上がる年だった。

「孝史が中学に行けなくなるかもしれないの」

羽衣子はみえ子にそう告げた。

「制服も、体操着も買ってもらえそうにないの」

華《はな》やかな白いグランドピアノを見ながらいった。プリンセスが使うようなロココ調のドレッサーに視線を移し、

「林間も修学旅行も行けない」

とつづけた。桃色の絨毯《じゆうたん》の柔らかな毛を手のひらで撫でた。

「あたしも、そう」

お小遣いがもらえないから、ノートも買えなくなるの。ハート形のクッションを抱え、そこに顎をくっつけて、羽衣子はため息をついた。みえ子の部屋にいた。

「それはまさに一大事？　だね」

みえ子が軽く応じた。バターをたっぷり含んだ焼き菓子を頰張り、嚙《か》み砕《くだ》いた。がぶりと紅茶をのみ、口のなかに残ったかすをゆすぐように口を動かす。羽衣子の話に現実味を感じないようだった。

みえ子は資産家のひとり娘である。みえ子の父親は、祖父が遺《のこ》した土地を売ったり、マンションやビルを建て、貸したりしていた。中学校では、提灯お岩というあだ名がすっかり定着したみえ子だったが、私服は原宿《はらじゆく》でそろえていて、遠足のときでも、フリルやリボンがどっさりついた洋服を着てきた。

どうせお金をかけるなら洋服じゃなくて整形費用にしたほうがいいんじゃないの、といまいましげに悪口をいう女子もいたし、にくにくしげに顔をゆがめて大笑いする女子もいた。男子は男子でいつものように吐き戻す真似をした。フリルのついた大きな襟《えり》を引っ張ったり、アップリケのリボンをむしり取る振りをして、みえ子の胸を触る者もいた。

「困ったねー」

一応、腕組みして考え込むみえ子を、羽衣子はぼんやりとした心持ちで眺めた。

みえ子でなくても、中学生が羽衣子の抱える「問題」を解決できるわけがない。糸口すらつかめないだろう。大方の中学生なら羽衣子の「問題」は現実感が希薄なはずだ。当の羽衣子にだって、まだ現実のものとは思えなかった。

だが、現実になってもおかしくないという思念はあった。

羽衣子の胸の奥には、もう、ずっと前から、なにがあっても不思議ではないという思念が畳《たた》まれていた。それを、羽衣子は、トンボと呼んでいた。

虹色の翅《はね》を持つ羽衣子のトンボは、いつも襟足に留《とど》まっている。何万個もの目で羽衣子や、羽衣子を取り巻く世界をじっと見つめる。

夏に風呂代わりにビニールプールで行水するときも、冬に濡らしたタオルでからだを拭くときも、ものとゴミがいっしょくたになった、饐《す》えた臭いが漂う住まいに、ふと、初めて気づいたような心持ちになるときも、川原で母の叫び声を聞くときも、どろりと鈍い表情の母をしげしげと見つめるときも、自分には父というひとがいないのだと思い出すときも、すれ違ったひとたちに振り返られるときも、休憩中の道路作業員に卑猥《ひわい》な言葉を投げつけられるときも、女の子たちが自分からそっと離れていくときも、リーダーにいじられているときも、いつか億万長者になると愚かしげに瞳を輝かせる孝史を見るときも、羽衣子はトンボに見られていた。同時に、羽衣子はトンボの目で自分を取り巻く世界を見ていた。

食卓2

遊佐家のダイニングテーブルの素材は最高級のウォールナットである。長く使いたいので、無垢《むく》材を選んだ。年月が経つにつれ、色に深みが増し、つやが出るという。高級感も重量感も文句なしだ。

羽衣子からカタログを差し出された賢右も一目で気に入った。価格を知り、難色を示したものの、「これを先に見ちまうと、ほかのやつはみんなオモチャみたいに思える」と結局折れた。

「大丈夫か?」と小声で費用の心配をしたら、羽衣子は「大丈夫よ、これくらい」といつになく茶目っ気たっぷりに胸を叩いた。まじめな顔つきに変え、「ありがとうございます」と頭を下げた。賢右は鷹揚にうなずき、自分の稼《かせ》ぎは人並み以上なのだと再確認し、大いに満足した。

ダイニングテーブルのかたちは、オーソドックスな長方形である。短い一辺がカウンターに隣接している。壁に沿った長い一辺には奥から賢右と羽衣子、リビング側の一辺には奥から正平といずみが座っている。それが家族の定席である。

　こどもたちがリビングに置いてあるテレビに気を取られないよう、配慮したのだった。それでもこどもたちは振り返ってテレビを観ようとした。そこで食事のさいは、テレビをつけないことになった。賢右の意向である。賢右が口にする前に羽衣子が察し、実行した。女ふたりの席が、立ったり座ったりに便利なよう、外側に設《もう》けられた経緯も同じ。

　客人のみえ子の席は、短い一辺に設けられた。俗にいうお誕生日席である。視線の先にはカウンターがあった。四角くくりぬかれた空間に、清潔なキッチンが覗いた。立ち働く羽衣子のすがたもよく見えた。羽衣子は作業の途中でふと顔を上げ、しばしば、みえ子にほほえみかけた。みえ子もゆるんだ笑みを返し、ハアーと満ち足りた息を漏らした。

　二月一日。みえ子が遊佐家に厄介《やっかい》になって、二週目に入るところだった。

　この日の夕食は、さわらのポワレ、クラムチャウダー、アイスプラントと豆とトマトのちいさなサラダ、キッシュ・ロレーヌ。それと彩りゆたかな遊佐家の常備菜、ミックスピクルス。それらすべてを三十分かけて食べ終えた。

　会話の中心はみえ子だった。みえ子は普段と同じく、だらだらと喋りつづけた。内容に意味があってもなくても、だれかがつねに声を出している状態がつづくと、食卓がにぎわう。にぎわっているムードが出る。

　みえ子が言葉を発したら、それがだれに向かったものでも、まず羽衣子がおっとりと同調した。賢右も大きな声で同調したし、正平もかすかな笑みを浮かべてうなずいた。

ときに賢右はみえ子の言を軽い調子で混ぜっ返すことがあった。食卓に笑いが生まれた。くっきりとした輪郭《りんかく》の笑い声がひびいた。ほんのたまにだが、父につづき、正平もときどき茶々を入れた。ささやくような小声だったので、気づく者はまだいなかった。

お茶と甘いものの時間になり、にぎやかなムードが加速する。夜十時すぎ。いずみが帰ってきた。バイトのある日にしては早い帰宅だ。

「ごはんは？」

羽衣子に訊かれ、「食べてきた」と短く答えた。「きょうは片付けが早く終わったから」とひとりごとを言う。

熱いハーブティーをひと口飲んで、羽衣子がほうっと息をついた。白くちいさな顔をうつむかせ、舌で前歯の歯茎をそっとなぞった。そのようすをいずみは見逃さなかった。美しい母には似合わない癖《くせ》だと前々から思っていた。一瞬、ゴリラの真似をしたように見える。ふっ、と頬をゆるめたら、みえ子が声をかけてきた。

「いずみちゃんってば、思い出し笑いなんかしちゃったりなんかして。あやしいぞ」

このこの、と肘でいずみをつつく。大げさな身振りだったので、みえ子の前に置いてあった皿がカタカタと揺れた。今夜の甘いものは、バニラアイスクリームを添《そ》えたりんごの赤ワイン煮である。

「あやしい、って」

　賢右がちいさく鼻を鳴らした。

「時給でも上がったのか？」

と、さも面白い冗談を言うようにいずみに訊ねた。

「ちがいますよー」

みえ子が賢右に向かって顔を突き出し、「イーだ」をした。

「彼氏とかできたんじゃなーい？　って、いずみちゃんにカマかけたんです」

へへん、と顎を上げてから、いずみに顔を向け、「ズバリ、当たりでしょう」とわざとらしく声をひそめる。

「いえいえ、そんな。ていうか、まさか」

即座に否定したいずみは仏頂面《ぶっちょうづら》だった。突如、話題の中心に引っ張り出され、いかにも不愉快、というふうだった。少し急いでバニラアイスクリームを口に運ぶ。表情がゆるみそうになったのを隠すためだった。実はまんざらでもなかった。

　みえ子の冷やかしは、「彼氏がいるのは普通」の女の子なら、一度は、かけられる言葉だろう。しかし、いずみは初めてだった。頭のなかで「彼氏？　ううん、今はいない」という憧《あこが》れの科白《せりふ》（特に「今は」の部分）をつい唱《とな》えた。

「……まあ、そうだな」

りんごの赤ワイン煮にレモンをしぼりつつ、賢右がつぶやく。

「『まさか』だろう」

といずみの発言を繰り返した。もったいぶったようすで、羽衣子から渡されたおしぼりで指先をふく。使い終えたおしぼりを握りしめ、「たしかに」と声を張った。

「たしかに、今現在は『まさか』かもしれん。だが、あきらめちゃいかん。『どうせあたしなんか』といじけたり、『フン、男なんてなにさ』なァんて息巻く女には、永遠に春はこない。だからといって、物欲しそうであってはならない。あわてるこじきはもらいが少ない、ってな」

賢右はここで息をついた。おしぼりから手を離し、テーブルに肘をつく。指を絡み合わせて、顎をささえた。いいか、いずみ。

「こういうのは縁のものなのさ。縁があれば、おまえにもいいひとがあらわれる。なァに、ひとりでいいんだよ。だから、そのひとりがめっかったら、嫁にもらってもらえるまで決して短気を起こしちゃいけないよ」

りんごの赤ワイン煮にフォークを突き刺し、口に運ぼうとした手を止め、賢右はつづけた。

「おまえが、その、なんだ、家でとってるような態度はつつしんだほうがいいぞ」

「まさか」のときがきたらな、と上機嫌で付け加え、「な?」というふうに羽衣子を見た。

賢右が口にしたのは、彼が「いつか、いずみに言ってやりたいこと」だった。顔にも性格にも難があり、可愛げなどひとつもないいずみだが、娘は娘。父として、励ましてやりたかった。また歳上の男として、実践的なアドバイスもしてやりたかった。だが、なかなか機会がめぐってこなかった。

「いずみがお嫁にいくなんて言ったら、おとうさん、きっと、泣くわね」

羽衣子が顔をかたむけ、賢右を覗き込んだ。目をかがやかせている。星がまたたいているようだ。「……かもしれんなあ」と賢右が嚙み締めるようにつぶやく。パクリと口に入れたりんごをゆっくりと咀嚼《そしゃく》する。

「……なに言ってんのかな」

いずみが低い声を出した。

「なに、ふたりでいい感じの雰囲気出しちゃってるのかな」

一から十までばかばかしい、と胸のうちで付言した。

「だいたいですねー」

とテーブルに手を置いた。賢右の言い分にたいし、反論しようとしたのだった。指先でテーブルを叩きながら、賢右にも理解できる平易な言葉を探していたら、みえ子がそっと手を重ねてきた。いずみは驚いてみえ子を見た。みえ子はすぐに手を引っ込め、かすかにかぶりを振ってみせた。合図めいた仕草だった。でも、といずみが抗議しようとするのを無視して、みえ子は賢右に顔を向けた。

「心配ご無用」

両手を胸元でクロスさせ、

「女の子は恋をしたら変わるんです」

と目をぱちぱちさせた。提灯お岩のようなご面相で乙女チックな表情をするものだから、滑稽《こっけい》さは並ではなかった。賢右と正平が思わず噴き出す。憤懣《ふんまん》やるかたないいずみでさえ、笑った。笑わないのは羽衣子だけだった。

「……ほんとね」

紙のように白い頬をふっとゆるませ、みえ子と同じポーズをとる。

「女の子は恋をしたら変わるんです」

いったん下げた視線を上げながら、まばたきをした。長い睫毛《まつげ》を立たせる音が聞こえるようだ。

（ふうん）

正平は目を細め、口をアハハのかたちに開けていた。

ついさっきまでは、同じポーズ、同じ表情の羽衣子とみえ子を見比べ、腹を抱えて笑っていた。ひと息ついて、自分の母が美しいということに気づいた。初めて気づいたようなきもちになった。以前から知ってはいたけれど、そのとき、強く意識した。

第二章　二週目

正平

なにをするでもない日曜日だった。ほぼ部屋にいた。友人とはＬＩＮＥで退屈を嘆《なげ》き合ったが、だからといって、じゃあ遊ぼうか、とはならなかった。

正平の友人は、皆、正平とよく似たタイプだった。部活もせず、かといって勉強に精を出すわけでもなく、これといって趣味もなく、女の子とも無縁である。一応はひとまとまりになっているが、内実はゆるやかに寄り集まっているだけだった。にこにこと当たり障りのない話をしている。

中学生のころはちがった。決して目立つほうではないけれど、連帯意識のわりあい強い集団に属していた。正平の胸のすみには、仲間に入れてもらっているだけ、という引け目がつねにあった。いくら行動をともにしても、一定の距離を感じていた。

仲間と小突き合いながら会話するときは実際の心持ち以上に愉《たの》しげにしていた。そこにいないだれかに見せつけるようだった。「学校では、こんなに明るく活発に友だちと交わっている」とアピールしていた。

中学二年生のときだったと思う。「あいつ、うざいよな」とだれかが「苛つくやつ」を発見し、仲間内だけでひっそりと揶揄《やゆ》する遊びが流行した。

いじめではない。いじめの標的を定める影響力など、正平のグループは持っていなかった。どんなやつのどんなところをうざったいと思うのかというセンスくらべの気味があった。仲間の結束力を高めるのにも役立った。

ある日、正平も、前々から目をつけていた「苛つくやつ」を発表した。「おはようございます」の「す」を異常に伸ばすやつだ。しかも息を吐き出すような音で伸ばす。ひとしきり説明し、実演してみせ、仲間の爆笑を待った。

ひとりが「苛つくやつ」を発表すれば、仲間は腹を抱えて笑い、賛同の意をあらわすのが約束事になっていた。だが、正平の場合はちがった。薄笑いしか得られなかった。にやつきながら仲間は目配《めくば》せし合い、正平にものいいたげな視線を投げた。その視線を、正平は、「それ、おまえが言う?」と読んだ。「おまえがだれかを『苛つくやつ』認定しちゃうんだ?」

正平は、自分が仲間から「軽く苛つくやつ」だと思われていると知った。以降、「本気で苛つくやつ」にだけはならないよう細心の注意を払った。

毎日二度や三度は失敗したと思う瞬間があった。リアクションが早すぎたり遅すぎたり、あるいは適切でなかったり、自分としては気が利《き》いていると思った言葉が空振りしたときである。要は、「はあ?」という視線があつまったとき。正平以外の仲間はひそやかな失笑を浮かべ、浅く首をかたむけたあと、なにもなかったように次の話題へと移った。

セーフ、と胸のうちでおどけた身振りをする自分自身が正平はいやでたまらなかった。心底ほっとする自分自身を軽蔑《けいべつ》した。明日こそはしくじらないようにしないと、でないと、「本気で苛つくやつ」になってしまう、と眠りにつく夜にも疲れた。

高校生になり、「本気で苛つくやつ」になってしまう、という恐れはちいさくなった。すっかり逃れられたわけではなかったが、中学生のころにくらべたら、ずいぶんましだ。

依然として、仲間と会話するときは実際の心持ち以上に愉しげにして、そこにいないだれかに見せつけるようにしていた。ぱっとしない連中と安心して交わる自分を見たら、「そこにいないだれか」はきっと苛つくと知っていながら、そうしていた。

——あいつは、ぼくがなにをしても苛つく。なにもしなくても苛つく。ぼくは、あいつにとって、「本気で苛つくやつ」なんだ。正平はそう思っている。「だれか」も「あいつ」も父である。

父はいわゆる男らしさというもののシンボルはよろず取りそろえている。見事な筋骨型で上背もある。五十七歳だから頭髪は薄くなっているものの体毛は濃い。八歳だったか九歳だったかは忘れたが、とにかく正平の年齢が一桁《ひとけた》で、ひとりで風呂に入れるようになってある程度日数が経ったころ、脱衣所で着替え中の父を見たことがあった。

そのときはなんとも思わなかったが、数年前から思い出すたび、立派なペニスだと感嘆するようになった。父は今でも、たいていの女なら軽々と前に抱えて性交できる体力があると思う。父は、女のどんな要求にも応じられる精力と技術の持ち主と自らを信じているように見える。そういう雰囲気をぷんぷんと発している。

正平に性交の経験はなかった。だが、「そういう雰囲気」を嗅《か》げるようにはなっていた。父が指で耳の裏をちょっと掻いたりしたときや、鏡に向かって顎の下のひげをシェーバーで剃《そ》っている際、後ろを通りかかった正平に、にやっと鏡越しに笑いかけ、よう、と声を発するときなどに、正平は、父の持つ、男としての自信を感じた。圧倒的な自信だ。

圧倒的な自信を構成するひとつに、運動が得意というのもあった。父は、大学生時代、レスリング部のエースだった。自分の息子が運動音痴だとは夢にも思わなかったらしい。息子の運動会での不甲斐《ふがい》ないようすを見て、忸怩《じくじ》たる思いに駆《か》られたようだ。まず基礎体力をつけないと、と自主トレーニングを正平に課した。もちろんコーチとして自分も付き合った。

「なんだもうへばったのか。男のくせにだらしないぞ」

「悔《くや》しくないのか？」

「なまっちろい顔をしやがって。そんなだからオカマなんて言われるんだ」

と発破《はっぱ》をかけられ、正平の顔はますます青ざめた。

父は努力すれば運動音痴が直ると信じていた。腹筋と背筋を鍛《きた》え、毎日のランニングを欠かさなければ、どんなスポーツだってそこそこできるようになる、と言っていた。加えて、朝晩牛乳を飲むこと。そうすれば、からだがなかから丈夫になり、背が伸びる、と断言した。父自身、朝と寝しなに牛乳を五百ミリリットルずつ、かならず飲んだ。

残念ながら、正平は冷たい牛乳を受け付けない体質だった。レンジでチンした牛乳を飲むよりほかなかった。両手でマグカップを持ち、ちびちび飲んでいる正平を見かけた父は「おいおい、なんだそれ。ホットミルクじゃないか。ホットミルクはな、牛乳とはちがうんだ」と無茶を言った。

そんな毎日が終わったのは、正平が中学校に上がるころだった。父が匙《さじ》を投げたのだ。一向に運動能力の上がらない息子を、ちびで痩せっぽっちの息子を、睫毛が長く、桃色の唇をした息子を、父は見限ったのだ。

ちびだったのは小学生までだ。

中学に入り、背が伸びた。今や父とほぼ同じ高さである。じゅうぶん長身の部類に入る。

色は相変わらず白いが、そう痩せっぽっちというわけではない。太っているわけではないのだが、柔らかな肌質のせいで、締まりのないからだつきに見える。

体毛も薄く、脇《わき》の下などは女のようになめらかだ。他人とくらべたことはないが、ペニスはたぶんちいさいほうだ。顔もちいさい。そこに母譲りの目鼻立ちが収まっている。

背丈以外、父とは正反対に育ってしまった、と正平は思う。

それでも牛乳は飲みつづけている。「ホットミルク」ではあるのだが、毎日、飲んでいる。好きかどうか分からない。美味しいと思っているのかどうかもよく分からない。

今でも父の期待に応えようとしているのか、というか、応えたいのか、正平は自分でもよく分からない。父のようになりたいのか、なりたくないのかも分からない。どちらにしてもその前に、それが自分にできるかどうかで足踏みしている感じがする。

「おとうさんの若いころには三無《さんむ》主義なんていう、くそくだらない連中がわんさといてね」

そう父が食卓で語ったことがあった。たしか一年ほど前だった。どんな流れで父が話し出したのかは忘れたが、父が上機嫌でこうつづけたのは覚えている。

「いわば根性なしだ。しかしあれだね、いったん名前が付けられるとどんなにダメなやつでも天下御免って顔するようになるね。そこがダメのダメたるゆえんなんだよ」

その後父はニートや引きこもりも「くそくだらない」、「根性なし」、「ダメ」の三語で斬って捨てた。三語を口にするときは、ちろりと正平に視線を寄越した。そのたび、正平は目を伏せた。うつむきながら、ほかのことを考えていた。

三無主義。初めて聞いたその言葉に奇妙な親和性を感じていたのだ。父の嫌う三無主義。

インターネットで調べてみたら、無気力・無関心・無責任を中心とした風潮らしい。正平は何度も読み返してうっとりした。それができたらどんなに楽だろう。

ぼくは本来三無主義だったのかもしれない、と思い始めた。なのに、外からの刺激にたいし、いちいち律儀《りちぎ》に対応しようとした。それで、あっぷあっぷになったのだ。

正平は本来の三無主義に戻ろうとゆるやかに決めた。それは平常心を保つこととほぼ同じだった。もう動揺したくなかった。それまでの自分はちょっと動揺しすぎだったとおおまかに反省した。肩にも力が入りすぎていた。

考えた末、よい方法を思いついた。表情を一定にすること。まずはかたちから入ろうとしたのだった。いつも同じ表情でいることをこころがけていたら、身のうちに自然と平常心が根付くはずである。

鏡の前でさまざまな顔つきをつくった。つくりやすさでは「真顔に近い無表情」がいちばんだったが、常時このような顔をしていては嫌われ者になってしまう。とっつきにくいし、それにちょっと怒っているようだ。ゆくゆくの話だが、この顔が定着したら、就職にも不利になるだろう。

やがて、「かすかに笑っている」表情が最上、との結論に達した。まぶしそうに目を細め、口元を少しゆるめるのだ。

つくることも、維持することも、思ったよりむつかしくなかった。きっと、もともとの性質に合った表情なのだろう。

穏やかで心の広い人間になった気がした。するとそれこそが本来の自分だと思えてきた。三無主義は頭から追い払った。

そもそも三無主義に親和性を感じたのは、父が嫌っていると知ったからだ。父の嫌いなものに自分をあてはめようとしただけである。拗《す》ねたこどもの考えそうなことだ、と正平は分析し、苦笑混じりで反省したのだった。

正平の会得した表情は、母のそれにそっくりだった。

母は、父のもっとも好きなものだ。もっとも大事にしているもの。母を手に入れたことが、父の圧倒的な自信の裏付けになっている。

ところが、正平は男の子だから、父に好かれない。大事にもされない。ばかりか、父の圧倒的な自信に瑕《きず》をつけている。母と同じような顔立ちで、同じような表情をしているのに。

しかし、「穏やかで心の広い人間」になった気がした正平は、そんなことでは腐らなかった。

すでに自分のものになった表情にバリエーションをつけようと決めた。

時折、「快活な青年風の笑顔」を覗かせるようにした。口を大きめに開け、アハハと笑う。しとやかな母は、まずしない笑い方である。姉もそんな好感の持てる笑い方はしないし、父はもっと豪快に笑う。

「笑いたいなら、腹から声出して笑え」

父にそう注意されて以来、夜中、ベッドのなかで腹から声を出して笑う練習をしている。でも、まだ、上手にできない。

（アハハハ）

ベッドに仰向けになり、正平は声を出さずに笑った。腹筋に手をあてていた。そこがちゃんと波打っているかどうか確認していた。だから、笑うというより、区切りながら、大きく息を吐く、という感じだった。

窓の外は暗かった。時計を見たら、午後六時になるところだった。日曜日がようやく暮れた。

つまらない日曜日だった。土曜日もつまらなかった。正平の胸に、そんな感想が浮かんだ。

正平は、いつもと変わらぬ休日を過ごしていた。夜更かしして、昼過ぎまで寝て、携帯をいじったり、オンラインゲームに興じたりしていた。なのに、「つまらない」と思うなんて。腹筋が自然と震えた。少し可笑《おか》しかった。ついさっき、時計をたしかめたときに上がったテンション。それもまた、可笑しかった。

そろそろみえ子が帰ってくる時間だった。みえ子は今週の土日は早番出勤なのだ。

二月三日。みえ子が遊佐家にやって来て、きょうで十日目。みえ子がいると思えば、夕食の時間が愉しみである。正平は、みえ子そのものが面白くなってきていた。

正平がみえ子とふたりで話をするのは、平日の夕方だった。ただし、みえ子が早番か休日だったときに限られる。

学校から帰った正平が、牛乳片手に自室に入ろうとすると、かならず、みえ子に声をかけられた。軽く舌打ちしたあと、みえ子の部屋の前で、ふとんに座るみえ子を見下ろしながら会話をするのが決まり事になりつつあった。正平がみえ子とふたりで話した機会は、初日を含め四度しかない。それでも正平はみえ子と話すことが習慣のように思えてきていた。

初めて顔を合わせたときに感じた苛立ちはつづいていた。だらだらとした笑いで怯えをごまかそうとするみえ子に自分を重ねることもあった。ときに父の目で自分を見てみることもあった。父の目で自分を見ると、父が苛つくのも無理はない、と思えた。その思いがねじれるように動いたのは、みえ子との会話がきっかけだった。

「別に無理して牛乳飲まなくていいんだよ。あたしは牛乳だーい好きだから飲むけど、正平くんはそうじゃないんでしょ？」

ちびちびと牛乳を飲む正平を見上げ、みえ子が言った。

ちょうど会話の間が空いたときだった。おそらく、みえ子はなんの気なしに口にしたはずだ。みえ子はそのとき、思ったことをすぐに口に出す。いい歳をして、考えなしなのだ。

正平はマグカップから唇を離した。いつものように「少し」笑った表情ではなかった。みえ子と話すときは、せっかく会得した表情を忘れがちになる。このときは、ほんとうに素に戻った。

「無理してないし」

みえ子を睨んで、そう言い放った。われながら、冷たい視線だと思った。おまえに嫌われたって痛くも痒《かゆ》くもない。そう思っている者が、そう思われても仕方ない者に向けるまなざしだった。

みえ子は、「あ」とかすかに声を上げた。息を飲んだようだった。慌ててうつむいた。もじもじと手のひらでふとんを撫でたり、手の甲で払う真似をしたりした。いやに女らしい仕草だった。「……ならいいんだけど」とつぶやいた声も、いつもよりか細く、甘ったるかった。よく見てみると、頰が赤くなっていた。

「あれ？」

正平は腰をかがめ、みえ子の顔を覗き込もうとした。みえ子はいやいやをするようにかぶりを振り、「知らない」と向こうを向いた。

「『知らない』ってなにが？」

正平は薄く笑いながら、みえ子に近づいた。静かに苛立っていた。

みえ子が乙女のしそうな類型的な物言いや仕草を好んでするのには慣れていた。それが独特の滑稽《こっけい》さを醸《かも》し出すことを、みえ子も承知しているようだった。つまり、一種の媚《こび》なのだ。みえ子は、ひとに笑われることを望んでいる。それがみえ子の処世術なのだ。笑われることで他者と良好な関係を築こうとしている。負け犬の発想だ。

このときのみえ子の少女じみた拗《す》ね方には、ウケを狙う要素が見当たらなかった。本心から乙女のような振る舞いをしているかに見えた。みえ子のなかの女の子の部分が漏れ出たようだった。

「顔、赤いんですけど」

正平は、みえ子のすぐそばでしゃがみ込んだ。もう一度、顔を覗き込んでみた。みえ子は向こうを向いたまま、うつむいた。硬くなっているようだった。肩に力が入っていたし、膝に置いた手も握りしめられていた。頬はますます赤くなり、じゅっと音が立ちそうだった。

「なに、この状況」

マグカップを床に置き、正平は前髪を掻き上げた。自分に気のある女の子と接しているような感覚を覚えていた。自分がモテ慣れている男になった気もした。女の子に言いよられるのは日常茶飯事、どこでなにをしていても、うっとりとした視線を感じる、というような。

だが、相手はみえ子だ。そしてみえ子は四十三。好意を持たれても自慢にならない。それどころか、気味がわるい。なのに正平は、モテ慣れている男が、ちょっとしたいたずら心で、明らかに自分に恋をしているぱっとしない女の子をからかっているように思えた。

みえ子が正平の視線から逃げつつ、顎を上げた。唾を飲み込み、正平に顔を向けた。目を先に動かして、あとから顔がついてくるという向け方だった。燃えるように赤く火照《ほて》ったみえ子の顔は、むくんで見えた。その上、なぜかてらてらとなまなましく光っていた。皮膚を剝《は》ぎ取られ、赤裸《あかはだか》にされたようで、一層、醜かった。

「正平くん、ウイちゃんに似てる」

みえ子がちいさな声で言った。

「すごく、よく似てる」

と手を伸ばした。指先が頬に触れそうになり、正平は顎を引いた。それでもみえ子の指は正平を追った。キモッと声に出さずにつぶやき、正平はみえ子の手を邪険に払った。

「ほんと、綺麗な顔してる」

みえ子は、持って行き場のない手で空中をそうっと撫でていた。

正平は自分の顔立ちの美しさにようやく気づいた。

正確に言うと（あるいは少なくとも）、みえ子にとっては抜群《ばつぐん》に美しい男であると気づいた。

それまでは女くさい顔だとしか思わなかった。

「遊佐くんてイケメンだよね」と友人に何度か言われたが、本気にしなかった。「いやー、それほどでも」と冗談めかして頭を掻いてみせ、「誰某《だれそれ》くんだってけっこうイケてるんじゃない？」と返礼代わりにそう言っていた。地味で目立たないグループに属する者同士の慰《なぐさ》め合いだと思っていた。

現に正平は女の子から好意を寄せられた経験がなかった。それは、正平がいつも、自信なさげにおどおどとしていて、ひとの顔色を窺う気配を発しているのが原因だった。そのせいで、せっかくの美貌――中性的な美しさ――が隠されてしまっていた。ばかりではなく、つねに、うっすらと笑っている正平は、女の子たちから「キモメン」扱いされていた。

だが、みえ子からしてみれば、どうやら自分は高嶺《たかね》の花のようである。思えば最初に会ったときも、うっとりとした目つきで正平を見て、顔立ちを誉めていた。

(面白いやつ)

余裕を持って、正平はみえ子をそう評するようになった。同時にみえ子にたいするときの自分を父と重ね、同時にみえ子を自分と重ねていたことに変化が生じた。

正平は、父の思い通りの息子ではない。そんなことは、いやというほど知っている。自分は、期待はずれだったのだ。

だが、それよりも深く正平を傷つけていたのは、自分自身が自分の思い通りではないことだった。

見てくれも、能力も、気質も、体質も、思い通りではない。おそらく、父が思っているのよりもっと、正平は、自分自身が不満である。正平の期待に、正平自身はちっとも応えてくれない。裏切りつづけている。

ところが、どうだ。みえ子からすると、自分はとてもすばらしいらしい。みえ子の正平を見る目は、正平の思い通りだった。いつか、だれかから、こういうふうな目で見られたい、と思っていた色をしている。大げさに言うと、羨望《せんぼう》の輝きを放っている。

自分がまだ期待はずれの息子だと気づかなかったころの正平が父を見上げていた目に似ていた。あのころ、正平はしあわせだった。たぶん、父もしあわせだっただろう。

賢右

真夜中にみえ子と会話をするのが、恒例化してきた。

むろん毎日ではない。そんなにしょっちゅうトイレの前で鉢合わせたりしない。だが、賢右とみえ子の尿意を催《もよお》すタイミングは似ているらしく、三日に一度は顔を合わせた。顔を合わせるよう、賢右はほんの少し調節していた。

用が済んでも、なんとなくトイレに留まっていたり、トイレから出て、キッチンでゆっくり水を飲んだりした。尿意を催しても、しばし我慢し、耳を澄ませることもあった。二階からみえ子が降りてくる足音が聞こえたら、ベッドを抜け出そうと、そこはかとなく思いながら。

さほど強いきもちでそうするのではなかった。あくまでも「なんとなく」であり、「そこはかとなく」である。みえ子と顔を合わさない夜中のトイレは、ちょっと、つまらなかった。

みえ子が遊佐家に居候して十二日目。頭のなかで指を折って、数えた。棚付きヘッドボードに手を伸ばし、時計を取る。午前三時を回ったところだった。

みえ子が居候して十三日目になった、と訂正する。二月六日だ。四週間の滞在の予定だから、ほぼ折り返し地点である。と、だれかが階段を降りる音が聞こえた。トン……、トン……、トン……。一段ずつゆっくり降りている。鈍重《どんじゅう》な足運びが見えるようだ。みえ子だ。

賢右は、からだを起こした。隣のベッドに目を向ける。羽衣子は静かな寝息を立てていた。その横顔を見ながら、賢右は、さも煩《わずら》わしそうに、大きなため息をついた。あーあ、とかったるそうにあくびもした。

羽衣子は熟睡しているようだった。繊細そうに見える羽衣子だが、眠りは深い。少しくらいの地震なら、まったく気づかない。眠りにかんしては、むしろ、賢右のほうが神経質だった。かすかな物音でも目を覚ます傾向がある。それでも賢右は、夜中にトイレに立つときは、羽衣子に配慮し、なるべく音を立てないようにしていた。それは彼のやさしさだった。

今、賢右は、わざわざ音を立てている。それは彼の気のちいささだった。彼は、妻に気づかれたくなかった。

やましいことは、なにもない。ただし、これは一般的に言うところの「やましさ」である。みえ子と男女の仲になるなど、考えられない。もしも羽衣子がひどく嫉妬《しっと》深い女だとしても、そんな邪推はしないはずだ。

しかし、賢右の腹のなかには、ある種のやましさがあった。こうして、いそいそとトイレに向かうこと。夜中にみえ子と話がしたくて、ひそかにタイミングを調整していること。そのどれもが、羽衣子にたいして、少しだけ後ろめたかった。

トイレに着くと、みえ子がドアを開け、なかに入ろうとしていた。

「お先に失礼します」

みえ子がばか丁寧に頭を下げる。

「どうぞどうぞ」

賢右が応じると、いったんドアを閉めてから、また顔を覗かせ、

「膀胱、大丈夫？」

と首をかしげた。

「だーいじょぶだって」

賢右は人差し指で鼻の頭をちょいと撫でた。すると、みえ子は、「あーよかった」と胸に手をあて、「あたし、もうパンパンなんだ」と足踏みしてみせる。

「でも、一家のご主人さまより先におトイレを使うのはどうかな、とか思って」

とつづけられ、賢右は笑いながら、

「そっちだってお客さまじゃないか。くだらないこと言ってないで、早く入れ」
漏らすぞ、と追い払う身振りをした。「サンキューでーす」とみえ子がドアを閉める。いくら相手がみえ子でも、ドアの前で待っているのは気が引けた。リビングに戻り、床暖房のスイッチを入れておく。勢いよく放尿する音が聞こえてきて、噴き出した。肩を揺らしながら、「よっぽど溜まってたんだな」とひとりごちる。しまりのない女だ、とも思った。

結婚して二十年以上になるが、羽衣子は、賢右がそばにいるときは、家のなかでも用足しの音を消す。放屁《ほうひ》の音も聞いた覚えがない。睡眠中に、それらしきちいさな音が聞こえてきたことはあった。だが、それは本人の与《あずか》り知らぬことであるから、勘定に入れない。

さて、賢右も用を済ませた。キッチンではみえ子がお湯を沸かしていた。お茶の準備をしている。食卓についた賢右は、「番茶にしてくれよな」とみえ子に声をかけた。

遊佐賢右は青森の出身である。

父は塗装業、母は専業主婦。ふたり兄弟の次男である。

賢く、なにごとも一番であれと願いを込められ命名された長男の賢一《けんいち》は、こども時分から成績優秀だった。線が細く、運動音痴でもあったが、親の自慢の息子だった。期待通りに地元の国立大学に現役合格し、役場に勤めた。助産婦の妻とのあいだにもうけた一男一女との四人暮らしだったが、定年退職を機に実家を建て直し、父に先立たれた母とともに、五人でそこに住んでいる。

賢く、ひとの右に出る人間になれと願いを込められ命名された賢右は、兄より五歳下である。幼いころよりからだが大きく、丈夫で、スポーツは万能だった。成績はよいほうではなかったが、アマチュアレスリングの選手として、国内の大会で活躍していた。中学生のときに同級生に誘われ通い始めたレスリング教室で、すぐに頭角をあらわしたのだった。

おかげで、東京の有名私大にもスポーツ推薦で合格できた。国際大会に出場するほどの力はなかったが、全日本選手権では幾度も入賞した。グレコローマン84kg級。

卒業後もレスリングをつづける気はなかった。選手としての限界を感じていたからだ。

賢右は練習が好きではなかった。地元では無敵だった中学生時分のイメージが強く残っていて、素質だけで充分やっていけると思っていたふしがあった。そううまくはいかないようだと気づいてからも、練習嫌いは直らなかった。

大学のアマレス部では、押しも押されもしないエースだったから、注意する者はいなかった。それればかりか、ことあるごとに持ち上げられた。レスリング道を究《きわ》めるよりも、居心地のよさに流されたという恰好である。

先輩からは、やんちゃで憎めない後輩として可愛がられ、後輩からは天才肌の選手として、ある種の憧れを持たれていた。愛すべきレスリングばか、というような遇され方である。レスリング以外のことになると、賢右は、万事、疎《うと》かった。そこがまた男らしいと周りに親しまれる所以《ゆえん》でもあった。

有名私大出身、そして実績のあるスポーツ選手ということで、一流企業に就職できた。現在、セメント部門営業部部長である。愛すべき重戦車、あるいは愛すべき熱血漢として上司の引きを得たのだった。風貌、物腰、口にする真っ直ぐな意見など、すべてが男らしいと評価された。

「サクセスストーリーよね」

みえ子に言われ、賢右は「まあな」とうなずいた。グラスを持ち上げ、軽く揺する。カロン、と氷が動いた。賢右はウィスキーのオンザロックスを飲んでいた。みえ子は薄い水割りを舐《な》めている。

番茶を飲みながら、いつものように、きょう一日に起こった印象的な出来事を報告し合い、ニュースなどについて、面白おかしく話し合っていた。

気分がよくなった賢右は酒が飲みたくなった。酒は、みえ子とふたりで話すようになる前から、飲むことがあった。夜中にトイレに起き、目が冴えて眠れなくなったときに、ひとりで食卓につき、オンザロックスを一杯、やった。

とてもリラックスできた。休息の時間だった。家にいても、会社にいても、ひとりきりになる機会などほとんどない。たったひとりで夜中に酒を飲んでいると、いかに自分が普段我慢をしていたかが分かった。家でも、会社でも、通勤の途中でも、賢右の赤っ玉を上げる者がかならずいる。

「いや、運がよかっただけだよ」

賢右はみえ子に言った。本心の一部だった。

「運も実力のうち！」

みえ子が明るく応じる。賢右がもっとも望んでいた反応だった。みえ子が口先だけで言っているのではないことは一目瞭然。賢右を見る目でそれが分かる。心から賢右を「すごい男」だと思っている。だから、賢右はこうつづけられた。

「なあに、たまたまレスリングの才能があっただけさ。それだってそう大したものじゃなかったからな」

つぶやくと、白状したような心持ちになった。

「功なり名遂《と》げたひとって、みんなそう言うよね。謙遜《けんそん》と客観性の混じり具合が絶妙なのね。冷静なんだなあ」

みえ子は大いに感心した。

「功なり名遂げた、って、おまえ。んな、たいそうなもんじゃないけどな」

と言いつつ、まんざらではない。それもまた、賢右のもっとも欲しい反応だった。話をしてみて気づいたが、みえ子は案外、頭のいい女だった。くだらない話もできるし、まじめな話もできる。打てば響くのだ。しかもただ響くだけではない。賢右が聞きたい響きを、賢右の胸のなかにこだまさせる。いずみも打てば響くほうだが、いずみの響きは賢右の赤っ玉を上げるだけだ。正平はひとつも響かず、やはり賢右の赤っ玉を上昇させる。羽衣子だって、響くほうとは言えない。たとえば、今、みえ子が口にした「謙遜と客観性の混じり具合が絶妙」という科白《せりふ》など、思いつきもしないだろう。「……そんなことないわよ」とほほえむのが関の山だ。

ごくたまにだが、羽衣子と接していても、賢右の赤っ玉がゆっくりと上がることがあった。ゆっくりと少しだけ上昇し、すぐにゆっくりと下がる。

目の前にいるみえ子を見た。浅く笑う。みえ子は賢右の赤っ玉を決して上げない。打てば、ちょうどよく響く。だが、醜い。その醜さがみえ子の奥深さにつながっているのだし、毎日見ていれば、少しは慣れる。しかし、醜い。少しくらい慣れていても、ときに新鮮に驚くほど、みえ子の容貌は怪異だった。こんな女はとても連れて歩けない。

「関の山」だなんだと言っているが、やはり妻としては羽衣子のほうが上等だ。少々口べたなだけだ。きれい好きだし、料理もうまい。なにより従順である。性格も穏やかそのもの。怒っているところなど、見たことがない。その上、美しい。とても美しい。

「でもまあ、社内のインテリ連中からは『戯画的マチスモ』なんぞという、わけの分からない陰口を叩かれてるようだがね」

なか指で頭皮を掻き、唇を少し歪めた。悪口ひとつにも頭のよさそうな外国語を入れたがるひ弱なオカマ野郎など、相手にするだけ無駄だと思っている。あいつらは僻《ひが》んでいるだけだ。悔しかったら出世してみやがれ。

「やっかみだねー」

みえ子は椅子の背にからだをあずけ、「そういうことを言うひとたちは、きっと学校ではお勉強ができたんだろうね」と愉しそうに笑った。椅子の背からからだを離し、

「だけど、いざってときには頼りにならないよね。口先ばっかだもん」

と、賢右の言いたいことをサラリと言った。

「まさにそれ」

賢右はみえ子を人差し指で指した。オンザロックスを飲み干す。氷だけになったグラスを揺すり、みえ子に言った。

「もう一杯だけ付き合ってもらっていいかな?」

「いいとも!」

みえ子が即答する。「あたしももう少し飲みたかったんだ」とグラスを持ち上げ、揺すってみせた。なかに入っているのは、ほとんど水の水割りだ。

酒なんて好きでもないのに、可愛いこと言いやがって。尾を振る駄犬の頭を撫でてやるように、賢右は思った。立ち上がろうとするみえ子を制し、自分でオンザロックスをつくる。

彼は、親の話をしたくなっていた。だれにもこぼしたことのない愚痴《ぐち》だった。みえ子なら、賢右の望み通りの反応をするはずだ。

家が貧しかったせいで賢右の両親は、学歴に強いコンプレックスを抱えていた。学歴ばかりではなく、ブルーカラーであることに過剰な引け目を感じていた。爪のあいだや衣服に塗料の付かない、シンナーのにおいが染みつかない、収入の安定した職業を首が折れるほど見上げていた。

学力優秀だった長男を猫可愛がりしたのも、そういう理由からだった。長男が、かれらの夢を、かれらに成り代わって実現すると期待した。

長男は、どこもかしこも、かれらの理想通りだった。

つねにがちゃがちゃと粗暴で、荒々しい物言いの、太く単純な一本道みたいな意見しか持たない同業者や、その周辺の男たちに、両親はほとほと嫌気がさしていた。長男は、そのような男たちとはまったくちがっていた。つねに冷静で、ゆっくりとものを考え、穏やかに話す。動作音も静かだ。

いくらレスリングで活躍しても、賢右は親に認められなかった。よい大学に合格しても、よい会社に就職が決まっても、元をたどれば、取っ組み合いが強かっただけ、と断じられた。地道にこつこつ勉強してきた努力家や、ほんとうに優秀な人物を出し抜き、横入りしたようなものだと。

賢右はレスリングでの活躍で、親の歓心を買えると思った。おまえはすごい、と誉められると信じた。目を糸よりも細くして、滅多にありつけないご馳走をたらふく喰ったあとみたいな、兄に向けるのと同じ笑顔で、自分を見てくれるものだと期待していた。しかし、そうではなかった。勉強がおろそかになる、と逆に小言をいわれた。大学に合格したときも、就職が決まったときも、うまいことやったもんだ、とかすかな——ほんの少し憐《あわ》れむような——笑みを浮かべられたきりだった。

従順な美女を手に入れ、郊外とはいえ一戸建ての主になっても親は態度を変えなかった。つまり、賢右のやることなすこと、親は気に入らなかった。親にとっては、兄のほうが、ずっと、大事で、優れているのである。

からだは少し弱ってきているが、母は兄一家と暮らし、仕合わせそうだ。賢右が帰省するのは、もう、数年に一度になった。賢右を一家の長として立ててくれる羽衣子を、母は、気の毒そうな目で見る。たいして、兄に平気で異を唱える義姉には頼もしそうな目を向ける。賢右の赤っ玉がゆっくりと上がる。

「うちのやつは口答えしないんだ」

ちょっとした嫌みのつもりで賢右が羽衣子を誉めたら、母が、やはり憐れむような微笑を浮かべてこういった。

「『口答え』っていうのは、あいてが、じぶんより下のときサつかうもんだ。おとうさんはそったらこといわなかった。おにいちゃんもいわない。あいかわらずだ、おまえは。たあだとっくみあって、おさえつければいいとおもって」

母が口元に皺《しわ》を寄せて息をつくそばで、兄が穏和な笑みをたたえていた。

賢右の赤っ玉は、ゆっくりと下がっていった。実家にいるときはいつもそうだ。赤っ玉の動きが遅くなる。いつのまにか、そうなった。赤っ玉の跳《は》ね上がるのに任せて、親に喰ってかかった時期はとうに過ぎた。

親と自分は相容《あいい》れないのだと、賢右は時間をかけて納得していったのだった。そもそもの考え方がちがうのだ。

賢右の理想の家族の陣容は、抜群のリーダーシップを持つ強くたくましい父親と、夫から一歩下がってもくもくと家事にいそしみ、やさしくこどもの世話をする母親と、両親それぞれを心から敬《うやま》うこどもたちである。

理想というより、それが家族の正しいすがただと思う。そんな「まとも」な家族なら、きっと賢右を受け入れる。受け入れるどころか、重要な人物として下にも置かないはずである。

大事なことから些末《さまつ》なことまで、いちいち妻に相談を持ちかけ、ああでもないこうでもないとながながと話し合わなければ決断できなかった亡父を、賢右はずっと不満に思っていた。

男としていちじるしくパンチに欠ける。結局、母に牛耳《ぎゆうじ》られていた。だから、母と一緒になって、おれにつめたくしたのだというのが、賢右の推量だった。だが、親に認められなくても、認めてくれるひとはほかにいる。そう気づいてからは、いくぶん鷹揚に構《かま》えられるようになった。

残っているのは、兄にたいする劣等感だった。それは、なかなか、消えなかった。賢右は、兄が自分より優れた男とは思っていない。しょせん、頭でっかちのうらなりだ。自分より成功しているとも思えない。たかだか地方の小役人だ。だが、兄の前に出ると、なんとなし気後《きおく》れする。なぜだ。

「それがどうにも不思議でね」

賢右は息をついた。

「兄貴には、なんだか頭が上がらないんだよ」

鼻で笑った。自分を笑ったようだった。

「……それはさ」

みえ子が食卓に肘をつき、両手で頬を包む。

「賢右さんのやさしさなんじゃないかな。賢右さんて日本の中心地で成功したひとじゃん。どこかに故郷を捨てた、みたいな感覚があるんじゃないかなあ。地元で親御さんの世話をしてるお兄さんの可能性っていうか、そういうのも全部、自分がとっちゃった、みたいな……」

「そうかもしれんな」

うん、そうかもしれん。賢右は繰り返した。

「こういうこと言っちゃうと、賢右さん、いやかもしれないけど、田舎のひとって考え方が狭いよね。自分の認めたいひとしか認めないところ、あるじゃない？　世の中にはいろんなひとがいるんだってこと、あんまよく分かってないっていうか……」

特に、とみえ子はいたずらっこみたいな顔つきで、賢右を見た。

「自分たちの想像を超えるスケールのひとは脊髄《せきずい》反射的に拒絶しちゃう、と不肖《ふしょう》みえ子は思うんです」

とうなずいた。

「そんなでかいスケールじゃねえよ」

賢右は一応否定してみせた。しかし、すぐに「まあ、一理あるかもな」と首筋に手をあてた。みえ子に話してよかった。おかげで心持ちが軽くなった。

少し気になったのは、実家にいるときの赤っ玉の上下運動と、羽衣子と接しているときのそれがよく似ていると気づいたことだった。

すぐさま、気にするようなことではない、と思い直した。

付き合いが長くなると、赤っ玉の運動は自然と不活発になるのだ。そう考えた。たしかに、親にたいする赤っ玉の上昇は、年月とともにゆるやかになった。いくぶんかは頻度《ひんど》も下がった。ところが羽衣子にたいする頻度は、結婚年数に比例して上がっていった。動きは最初からゆるやかだった。

賢右は、深く考えないことにした。いくらどんなに理想の妻でも、長く生活をともにすると、意に満たない点が出てくるものだ。

いずみ

「イズミッチったら、最近、帰りが早いんじゃないの？　だいじょぶ？」

みえ子に訊かれ、いずみは首をかしげた。ポテトチップスを一枚つまむ。唇に押しあて、「大丈夫、だと、思う」とつぶやいた。

「ていうか、もともと無理だし」

そう言って、ポテトチップスを口に入れた。「またまたー」とあぐらをかいていたみえ子が腕組みし、「ほんとイズミッチのそういうとこ、直したほうがいいと思うんだよね」とむつかしい顔をしてみせた。

「もっと自分のきもちに素直にならないと」

ごろりとふとんに寝そべった。肘枕をし、顔を仰向かせ、サイダーを飲む。

「分かってはいるんだけどねー」

ふとんのはしに腰を下ろしていたいずみも気の抜けたサイダーを一口飲んだ。はー、とため息をつく。

二月六日、夜。いずみはみえ子の部屋にいた。ふたりともパジャマを着ていた。お菓子を食べ、サイダーを飲みながら、みえ子が言うところのガールズトークをしている。

そう大きな声では話さない。正平に気づかれたくないからだ。みえ子も心得ていて、普段のような大声は出さない。実に適度に声をひそめている。代わりにパソコンの音量を上げていた。有料動画サイトで適当に選んだ映画やテレビ番組を流しっぱなしにしている。

いずみがバイトからわりと早く帰るようになったのは、みえ子をまじえた家族の団らんに加わるためだった。そのときの会話をみえ子とともに分析し、家族の評定をするのが愉しかった。

先週、賢右が一席ぶった、いずみへの説教。捕まえる男はたったひとりでいい、というやつ。縁があればきっと見つかる、だから、嫁にもらってもらえるまでは短気を起こすなと。家でするような態度はつつしめと、言いたい放題だった。

「縁頼みでしか男を捕まえられないと言いたいわけですよ。おまえには魅力がないと、そう言いたいんですね。あと、なんですか、あの『嫁にもらってもらえるまで』って。どこまでも自分の娘を下に見てるんですよね。辛抱しないと結婚なんてできないと、そう思っているんですよね。そんなことをですね、えらそうに言う親だからこそ、わたしもつい、この歳になっても反抗的な態度になっちゃうんじゃないですか」

いずみが言うと、みえ子はこう答えた。

「イズミッチ、それはちょっとちがうよ。縁は大事だよ？　縁がないとうまくいくものもいかなくなる。お付き合いをしていれば、なんだコイツって腹が立つこともあるけど、でもやっぱりそのひとが好きで、ずっと一緒にいたいと思ったら、短気は起こさないほうがいいんだよ。長ーい目で、大目に見なくちゃ。賢右さんは、たぶん、そう言いたかったんじゃないかなぁ」

いつものようなべちゃべちゃとした喋り方だったが、みえ子の解釈には歳上の女ならではの懐《ふところ》の深さがあった。

「……じゃあ、そう言えばいいじゃん」

なんであんなふうに、わざわざわたしの気に障るように言うのかなー、といずみはちょっとふてくされたふりをした。

「そこが賢右さんの不器用なとこなんだよ」

みえ子はクスクス笑い、

「そしてイズミッチもブキッチョさん」

といずみの肩をトン、と押した。押されたなりふとんに倒れたいずみは、わたしがお嫁にいくときは、ケンスケ、ほんとに泣くかもな、と思った。ふと、家族のなかで泣いてくれるのはケンスケだけかもしれない、とつづけて思った。

「ねえ、あのときのウイちゃん、どう思った？」

みえ子に訊ねた。賢右が一席ぶったあと、ウイちゃんは、「いずみがお嫁にいったらきっと泣くわね」とかなんとか、話を微妙にずらしたのだ。

「あれってさ、けっこう強烈な皮肉じゃない？　なんかしんみりしたムードを醸し出しちゃってたけど、わたしが結婚するのなんてありえないから、せめて夢のなかだけでも親っぽいシチュエーションを味わいましょうよ、みたいなニュアンス感じなかった？」

「もう、イズミッチは……」

みえ子は大きくかぶりを振った。

「ほんとに怒るよ」

怖い顔をつくってみせたが、すぐに表情を戻し、つづけた。

「気まずくなったムードをウイちゃんなりに和らげようとしたんだよ。ただなんとなく思いついただけかもしれないけど……」

いずみは口元だけで笑った。「ウイちゃんには複雑な思考とかないから」とひとりごち、

「ところで、正平なんだけど」

と俎上《そじょう》にのぼす人物を変えた。

「あいつ、最近、明るくない？　なんか自信つけてる感、ない？　どんな自信なのかは分からないけど。ときどき、例の、謎の微笑もアハハ笑いもしないじゃん。忘れてるだけかもしれないけど、でも、防御を忘れるって……」

「あー、言われてみればそうかも」

みえ子の返事ははっきりしなかった。

「じゃ、この件にかんしては、経過観察ってことで」

いずみはあっさりとこの話題を引っ込めた。口にしたものの、正平の変化にさほど興味がなかった。みえ子と家族の評定をおこなうために、ある程度は注意深く見るようにしているが、それだけだった。親から「攻撃」を受けているこども同士としてのシンパシーは依然感じているが、いずみの現在の関心はちがうところにあった。

「ていうか、みえ子さんのアレはまずかったですよー」

と両手を胸元でクロスさせた。みえ子が「女の子は恋をしたら変わるんです」と言った

ときの身振りだった。

「ごめん、ごめん。つい」

みえ子は両手を合わせ、いずみを拝《おが》んだ。

「ハラハラしちゃったじゃないですかー」

いずみは少し笑って、肩をすくめた。

いずみには好きな男性がいた。みえ子にだけ打ち明けていた。というより、みえ子によって、自分のきもちに気づいたのだった。

いずみのバイト先は、「まつおか」という蕎麦屋である。

住宅街の角に店を構えておよそ五十年。四角い、ちいさな三階建ての一階が店舗で、上が住居だ。先代が逝ってからは、独り者の息子が跡を継いだ。母であるおかみさんとふたりで切り盛りしている。

おかみさんは七十いくつで、二代目は五十代。いずみからしてみたら、祖母と父の年齢だった。

おかみさんは背が低くて小太りだ。軽くパーマをかけた真っ白い髪の毛は水油でちょちょっと撫でつけただけなのだが、いつも、ちょうどよくまとまっていた。注文を聞き、伝票に書き付けて、「せいろ~二枚~」と厨房《ちゆうぼう》に通す声は若々しくて張りがあり、歌を歌っているようだった。

二代目は母親に似ていない。愛想のいいほうではないし、言葉数もそう多くない。中背の瘦せ型だが、顔がちいさいので小柄に見える。歳のわりには肌がきれいで、おまけに色がりんごの果肉みたいに白い。お湯から上がったばかりというように、いつも頰がべに色に染まっていた。頰と、なぜかまぶたがうっすらと赤いのだった。まつおかと刺繡《ししゅう》の入った白い上っ張りからわずかに覗く胸もともほんのり赤い。

蕎麦を打っているときは、肩幅がいくぶん広くなったように、いずみには感じられる。男らしい、ということなのだが、うちのケンスケとは大違い、と思う。ケンスケの振りかざす男らしさは、愚かしさとほぼ同じだからだ。

いずみが二代目に感じる男らしさは、ケンスケのような、男性ホルモンの臭いをどうだと嗅がせる質のものではない。太い、黒々とした筆文字で「男とは、すなわち俺。俺、すなわち正義」と書いた文言を、疑うことなく信じているような厚かましさもない。

二代目の肩幅が広く見えてくるのは、たとえば、水回しのときだった。二代目は、粉と水を満遍《まんべん》なく混ぜ合わせようと、指をひらき、愛しいひとの頭を洗ってやるような動きをする。

ひとつぶひとつぶの粉全部が水と廻《まわ》り合うよう、木鉢のなかで、左右交互、半円を描くように手を動かす。粉を巻き上げるようにしたり、手のひらですくって、粉の上下を入れ替えたりする。粉が水と廻り合ったら、練《ね》りに入る。体重をかけて練っているうち、しっとりとつややかな蕎麦の玉になるのだった。

水回しをきちんとやらないと、コシがなくて、切れやすい蕎麦になるらしい。いずみは、もしも、二代目にこどもがいたら、その子はきっと幸せだろうと思えてならない。

水回しと子育てを一緒にしてはいけないことくらいは分かっている。だが、いずみは、二代目の仕事ぶりを見るにつけ、包容力というものに思いを馳せてしまうのだった。

二代目は粉の性質を受け入れ、活かしている。その上で、すべての粉に水を廻り合わせようとしている。そのようすが、いずみの目には、こどもに、水のような大切ななにか――この世界には、さまざまな物の見方や、価値観があるというようなこと――を教えるように見えるのだった。

自分が、二代目のこどもに生まれなかったことが悔しくなる。二代目が妻を交通事故で亡くしたのは二十年ばかり前だったらしいが、そのとき、妻が身ごもっていたという話を聞いてからはなおさらだった。

おかみさんは、時折、いずみを「実はうちの孫娘で」と客に紹介することがあった。もちろんいずみも調子を合わせる。おかみさんに「おばあちゃん」と呼びかけて、「おこづかい」と手を出してみせ、すかさずぺちんと引っぱたかれては、けらけら笑い合ったりするのだが、ほんとうにおかみさんがおばあちゃんだったらいいのに、というつぶやきが心のなかで立ち上がり、水草みたいに揺れる。

二代目だって、いずみが時偶《ときたま》客にいやらしいことをいわれたり、お尻をすいっと撫でられたら、すぐさま「お客さん、そういうのは、ちょっと」と厨房から声をかけた。カウンターの近くまでやってきて、「うちの大事な娘なんで」と白丸帽子にちょっと手をやり、客に軽く頭を下げる。客が帰ったあとは、手を動かしながら、「いずみ、大丈夫か」と気遣った。「へいっちゃらですよ」といずみが答えたら、ようやく目を上げ、口元で笑う。

まつおかのふたりに受け入れられ、いずみのなかで「もしもわたしがここん家の子だったら」という想像がいよいよふくらんでいった。二代目みたいなおとうさんと、おかみさんみたいなおばあちゃんとの三人家族。まったく理想的だ。

いずみの希望は大学を卒業したら、まつおかの三階のひと部屋に間借りさせてもらい、そこから通勤することだった。

そうすれば、いつでも店を手伝えるし、三人家族の気分を今よりたっぷり味わえる。ゆくゆくは、まつおかからお嫁にいきたい、とも思うのだが、腕のいい蕎麦職人と結婚して、まつおかを継ぐのもいい。まつおかには、今のところ、跡継ぎがいないのだ。

この計画は、いずみが胸のうちで温めているだけで、まだまつおかのふたりには話していない。

「三階の空き部屋、なんだか勿体《もったい》ないから、誰か借りてくれるひといないかねえ」という話題が出るたび、「はいっ」と手をあげてはいるのだが、二代目もおかみさんも「そりゃあ、いずみちゃんがきてくれたら、いちばんいいけどねえ」、「いやいや、いずみ、そうなったら、ばあさんに今以上にこきつかわれるぞ」と笑うばかりで、本気にはしていないようすだった。

ほがらかな笑い声が引いたあと、「……ほんとにねえ」と皺を深くしてゆっくりうなずくおかみさんと、ものいいたげな口もとをしながら、いなりの皮の煮え具合を確かめる二代目の横顔を見るにつけ、いずみは決心を強くした。強くするたび、三人家族という遠景がぐっと近くに滑り出てくる。二年後、ほんとうに引っ越してきて、ふたりをびっくりさせてやろう。

気になるのは、まつおかの近所に住む中年女だった。トシコ四十八歳。離婚歴あり。息子ふたり。もとはデパートで美容部員をやっていたそうだが、こどもの成人を機に辞めた。今は実家の薬屋で働いている。

この女がちょくちょくまつおかに顔を出すのだった。いずみがバイトにこられないときは、実家の薬屋をほっぽって、代わりに手伝っているらしい。

トシコがまつおかを手伝うのは、いずみがバイトにくる前からだったようだ。先代が亡くなったあたりらしいから、三年前からということになる。

トシコの顔立ちは、美醜《びしゅう》の二者択一でいうと、美しい。歳相応のくずれはあるが、まあまあ、きれいなほうだろう。身がしっかり詰まった木綿豆腐のような肌つきをしていて、造作の全部が大きい。背はそんなに高くないのに、堂々とした印象をあたえる。肥満というわけではないのだが、胸や腰にむっちりとした充実感がみなぎっていた。

美容部員だったこともあり、化粧は丁寧で、太いアイラインを目尻で撥《は》ね上げている。お尻すれすれの丈のチュニックにレギンスを合わせるのが定番の装いだ。太腿はもりもりと太いのだが、膝から下は割合細かった。

そのトシコと二代目とのあいだに、結婚話が持ち上がっていた。

具体的な話ではない。トシコの父がまつおかに蕎麦をたべにきて、爪楊枝《つまようじ》で歯をせせりながら、「どうかなあ、浩《こう》ちゃん、うちのトシコをもらっちゃくれないかなあ。あいつももういい歳だし、いつまでもひとりっていうのも、親としてはやっぱし心配でさ。出戻りだけど、まあ、そのへんはお互いさまっていうか。あいつ、しょっちゅうここに出入りしてんだろ？　口には出さないけど、まんざらじゃないんだよ。浩ちゃんだってさあ、そうなんだろ？　こないだ映画に行ったっていうじゃないか」と、世間話の体で二代目を追いつめていっているだけだ。

二代目は「助かってます」と礼を言うきりだし、おかみさんは「こっちは、ばば付きだからねえ」と口を挟むきりで、いわば「保留」の状態がつづいていた。

いずみが三階に間借りする件と同じく、軽口と本気のあいだをふわふわと漂っている。

いずみがほんとうに三階に間借りしたいと思っているように、トシコも本心から二代目の妻になりたがっているような気がする。

「まつおか」にちょくちょく顔を出すトシコだが、いずみがいるときにやってくるのは、ここ最近は、夜だった。

「まつおか」は、六時を過ぎたら、居酒屋のような状態になる。閉店は十時だが、住宅街ということもあり、九時には客がまばらになる。いずみのバイト終了時間である。あとは閉店まで二代目ひとりだ。おかみさんは、いつも八時に上がる。

いずみはバイト終了時間が過ぎても、店に残った。エプロンを外し、カウンターに座り、蕎麦茶を飲んで、明日の仕込みにかかる二代目を見ていた。もちろん、もしも立て込んだら、すぐに手伝いをしようと思っていた。

「あら、いずみちゃん、帰っていいわよ。あたしが残ってるから」

だが、このところは、トシコに追い立てられる。どうもトシコは閉店まで二代目とふたりきりでいたいようだ。二代目への本格的なアプローチを開始した、と、見るべきだろう。

それでもいずみはがんばって、カウンターに居座り、蕎麦茶を飲む。もしもトシコが二代目の妻になったら、いずみが思い描く「三人家族」の夢は断たれるのだ。それに、二代目とトシコはどう考えても似合わないと思う……。

この話をしたとき、みえ子は大笑いをした。最初は口を押さえていたが、そんなものでは足りなくて、やがてふとんに突っ伏して笑いつづけた。がばと跳ね起き、言った。

「イズミッチはおばかさんだね」

「なにがですか？」

いずみが気色《けしき》ばむと、みえ子はやれやれというふうに肩をすくめた。

「イズミッチは二代目に恋してるんだよ。『おとうさん』になってほしいんじゃなくて、彼氏になってほしいんだよ」

「まっ……」

まさか、といずみは言おうとしたのだが、言葉にならなかった。

「二代目って五十いくつですよ？　歳の差ありすぎますよ。年齢だけならトシコのほうがぴったりなんですけど」

と否定したものの、心臓は早鐘《はやがね》を打っていた。そっと感じ、でも、蓋《ふた》をしていた二代目の性的魅力がいずみの胸の内側で濃く、香った。

「イズミッチはさ、自分のきもちを自分自身にさえ隠そうとするっていうか、押さえ込もうとするっていうか。なんちゅうか本中華だよねー」

みえ子に言われ、赤面した。

「なんですか、その『なんちゅうか本中華』って」

とようよう混ぜっ返した。それには答えず、みえ子は言った。

「どうせあたしなんかとか、自分でも気がつかないうちに諦めちゃってたんだね。傷つきたくないから、知らず知らず誤魔化《ごまか》してたんだね。自分のきもちを見ないようにしてたんだね。……分かるよ」

分かるよ、ともう一度言い、うつむいた。

「ほんとうに好きになったら、臆病《おくびょう》になるよね。怖いよね。相手にどう思われるかっていうより、自分のきもちがさ。抑えられなくて、ドンドンあふれていく、自分のきもちが」

その言葉を聞き、いずみは涙ぐんだ。みえ子もだれかを本気で好きになったことがあるんだ、と思った。

「二代目とトシコさんのふたりきりでいる時間はなるべく少なくしたいよね。なのにイズミッチったら前より早く帰ってきちゃって。二代目が好きなら、がんばんないと。自分にできること、やんないと」

みえ子は不服そうだった。唇を尖《とが》らせている。

「なんだけど……」

いずみも唇を尖らせた。二代目に恋をしていると気づいてから、今までと同じように接せられなくなっていた。二代目に声をかけられただけで赤くなってしまう。目もまともに合わせられない。なのに、二代目がこちらを見ていないときは、息をつめて、見つめてしまう。

そんな自分を持て余し、トシコに言われるがまま、店をあとにしてしまうのだった。もちろん、みえ子との家族の評定が愉しくて、団らんに参加したいというのもあるが。

「……みえ子さんの恋はどうなったんですか？」

おそるおそる訊いてみた。前から訊きたかったことだった。

「ブスの先輩として教えてくださいよ」

冗談半分に聞こえるよう、そう付け足した。

「なに言ってんの。イズミッチのほうが百億倍可愛いよ」

ふとした拍子にウイちゃんに似てるし、とみえ子がうなずく。短く、何度も。忙しく。

「ほんとですか？」

いずみは信じられない、というふうにたしかめた。

「ほんと、ほんと。……横顔のライン、かな。あと、声。声はウイちゃんそのものだね」

「ほんとですかー？」

いずみはまだ信じられない、というふうに、だが、すこぶる機嫌よく繰り返した。

羽衣子

実家の事情を話していたのはみえ子だけだった。

水薬をスポイトで垂らすように、少しずつ話した。家にも呼んだ。なかを見せても、みえ子はさして驚かなかった。驚かない振りをしているのではなく、ほんとうに驚いていないようすだった。同情もしなかった。気の毒がりもしなかった。

「ほほー」

めずらしそうにあちこち見回してから、羽衣子を振り向き、

「ちょっと大きめの犬小屋みたい」

と感想を述べた。みえ子の家で飼っていた犬は、好きなおもちゃや、壊れたサンダルなんかの宝物を小屋にしまいこみ、お気に入りのくたびれた毛布をカミカミして機嫌よく過ごしたらしい。

みえ子は、ものごとに「余分」を持ち込まない質のようだ。起こったことや、そこにあるものを、そのまま捉える。「なにかが起こった」ならば、「なにかが起こった」と思い、そこにそれがあれば、「そこにそれがある」と思うのだろう。

だから、羽衣子はみえ子と友だちになれた。みえ子はきっと、羽衣子のトンボ——なに

があっても不思議ではないという思念——の虹色の翅を輝かせてくれる人物だと思えた。

「別にいいんじゃないのー」

不良グループのリーダーに交際をしつこく迫られ、迷っていたとき、みえ子はこともなげに言った。

「だって、ウイちゃんは、だれかと付き合わなきゃなんないんだから。でないと、めんどくさいでしょ」

と退屈そうにあくびをした。やはり、そうだ。みえ子は羽衣子のきもちを見通し、虹色の翅を広げさせてくれる。

家の経済状態が逼迫《ひっぱく》し、羽衣子と弟の孝史の学費の工面がつかなくなったこともみえ子に告げた。解決できるとは思っていなかった。ただ、告げたくなったのだ。

「えっと、結局、お金がないってこと？」

しばし考えてから、みえ子がいった。

「うん、お金がないの」

おかあさんがあんまり働きたくないっていうの、と羽衣子は答えた。口に出してみたら、他人事《ひとごと》のようだった。少しあわてて、「ちがうの、おかあさんはからだの調子がよくないみたいで、それでたくさん働けないの」と言い直したのだが、みえ子は聞いていないようだった。

「お金があればいいんだね？」

と、首をかしげて確認した。羽衣子はうなずき、新聞配達をしたいのだが、ひとけのない時間帯にひとりで歩き回るのは危険だからとリーダーが許してくれないことを話した。

「そうじゃなくて」

みえ子はドレッサーの引き出しから紙片を取り出し、羽衣子に見せた。雑誌の切り抜きで、片側のはしには引きちぎったあとがあった。

「優勝したら百万だよ？　推薦者にも、ななんと五十万」

年に一度おこなわれる大手芸能事務所によるタレントオーディションの案内を指差した。

「あたしがウイちゃんを推薦して、ウイちゃんがあたしを推薦すればいいと思うんだよね」

どっちに転んでもあたしのもらったお金はウイちゃんにあげるから、とみえ子は身をよじって笑った。でろりと垂れ下がった目を一層下げ、「傑作ぅ」とよく分からないことを言って、手を叩いた。

「みえちゃんも応募するの？」

そう訊いた羽衣子の表情にも口調にも、質問以外の「意味」はなかった。羽衣子は、ただ、確認しただけだ。

「そうだよ?」

答えるみえ子の顔つきにも「意味」は窺えなかった。「だって……」と言葉を継きに、白目との境界線が曖昧なせいで灰色がかって見えるみえ子の黒目に、茫洋《ぼうよう》とした間が覗いたきりだった。

「どうしようもないじゃん?」

見当がつかないほど広い空間を黒目にたたえて、みえ子がつづけた。

「ウイちゃんも、あたしも、なんかもう、どうしようもないじゃん?」

羽衣子は胸に手を当てた。トンボが虹色の翅をきらめかせて、飛び立つ。

羽衣子とみえ子は、たしかに、それぞれ、どうしようもなかった。

どうしようもない美しさと、どうしようもない醜さを与えられた。ふたりの環境も、どうしようもないと思われた。貧しさも、ゆたかさも、それぞれの「どうしようもなさ」を肥大させ、加速させる。

どのみち、まともには生きられない。そんな思いが、何万個もある羽衣子のトンボの目に宿っていた。それが羽衣子の抱える「どうしようもなさ」に輝きを添えた。輝かせなければ、黒い夜のなかにどこまでも沈み込んでしまう。

「だって、どうしようもないものね」

羽衣子はみえ子に笑いかけた。見はるかす夜空に、きれいな虹がかかった。

（あたしたちって、見せ物になるしかないと思うんだよね）

みえ子が言ったような気がした。

タレントオーディションの本選がおこなわれるまでは、みえ子に金を借りた。それは姉弟の学費にあてられた。羽衣子かみえ子、どちらが優勝しても、賞金は羽衣子のものとふたりで決めていた。どちらかがアイドルになったら、羽衣子はみえ子に金を返すことになっていた。

みえ子はピンクが基調になったファンシーなノートを買い込み、表紙に「みえ子のえんまちょう」と書き、貸した金を記入した。

みえ子がどうやって金を用意したのか、羽衣子は訊かなかった。おそらく父親に小遣いをせびったのだろう。

お洋服が欲しい、といえば五万でも十万でも中学生の娘に渡す父親だ。そのやり取りを見て、「あら、いいこと」と口元に手をあてて微笑するのがみえ子の母親だった。

彼らは、みえ子にいたく責任を感じているのだそうだ。みえ子の顔は、両親が、ここだけは似てほしくないと思ったパーツが「オールスター」で出現したらしい。

「あたしはね、不憫《ふびん》な子なんだって」

乱れた歯並びをよく見せるようにして、みえ子が言ったことがある。羽衣子の しっ

と見て、

「だから、あのひとたちはあたしのいうことならなんでもきくんだよ。だから、だからね、あたしはずうっと今の顔を維持してやるんだ」

とばか笑いをした。ダムが決壊し、大量の水があばれるような笑い声だった。

一次予選の写真による書類審査でみえ子は落ちた。

「あれえ？」

みえ子は首をひねったものの、「やっぱり、普通のオーディションだったんだ」とすぐに納得した。オーディションの案内には、個性を重視する旨、記載されていたのだが、どうもそうではないようだった。

「じゃあ、ウイちゃんのほうだ」

みえ子は簡単に断言した。今度は羽衣子が首をひねる番だった。優勝したとしても、しなかったとしても、羽衣子のトンボは翅を広げるような気がする。

優勝したら、下着が見えそうなほど短いスカートをはき、テレビの前の何百万のひとたちに向かって笑顔を振りまき、歌ったり踊ったりする。優勝しなければ、返すあてのない借金がふくらむ。どちらにしても、羽衣子のトンボは襟足の少し上でホバリングをつづけるだろう。

羽衣子は、ほんの少しだけ、憂鬱だった。どっちにしたって、「どうしようもなさ」が増えるだけだ。

みえ子は羽衣子の優勝を信じ切っていた。

「そんな顔してたら、孝史くんが心配しちゃうぞ」

羽衣子の肩を小突き、

「孝史くんのためにもガンバ！」

と両手でこぶしをつくってみせた。羽衣子を応援するというより、孝史を応援するような気配があった。

みえ子は孝史に強い関心を寄せていた。羽衣子と同じくらい孝史の親しい存在になりたいようすだった。羽衣子の「どうしようもなさ」のひとつである孝史を、羽衣子と一緒に引き受けたそうで、なにかと面倒をみたがった。

「綺麗だね……。ほんと、綺麗な顔してるね……」

と孝史に躙《にじ》り寄り、舐めるように容貌を讃《たた》えては、孝史に邪険にされていた。孝史はつねに、みえ子をひどく冷たい目で見ていた。

毎月の給食費などをみえ子に用立ててもらっていても、孝史の態度は変わらなかった。それをまたみえ子は喜んでいるようすだった。そうして、孝史は、自分がつれなくするとみえ子が喜ぶと知っているようだった。

「こっち来んなよ、気持ち悪い」

せせら笑いながら罵倒《ばとう》するときの孝史の目も、罵倒されたみえ子の目も、同じように暗かった。そうして、そのなかに、綺麗な虹がかかっていた。羽衣子にはそのように見えた。

リーダーも羽衣子と孝史を助けた。羽衣子がタレントオーディションに応募し、予選を勝ち抜いていくのは気に入らないようだったが——それでも、羽衣子が予選を突破するたびに、当然という顔をした——、金銭面での援助はした。

羽衣子が妊娠したとでっち上げ、仲間に中絶費用を募るというやり方で、金を集めた。リーダーがたばねる集団には、親が生活保護を受けていたり、児童養護施設に入っていた経験がある者もいた。けれども、彼は、そのような「方法」を羽衣子に教えなかった。彼は、彼と羽衣子の仲が深まるほうを選んだようだ。彼と羽衣子の深い関係を周囲に誇示できるほうを選びたかったらしい。

タレントオーディションの本選は夏の終わりに開催された。その前に、本選出場者には、ボイストレーニングやダンスなどのレッスンがおこなわれた。場所はオーディションを主催する芸能事務所が経営するスクールで、地方に住む女の子たちも夏休みだから参加できる。本選で歌う予定の曲も専門家が見てくれ、振り付けも指導された。羽衣子も参加した。本選出場の十人に残ったのだ。

歌を歌うのは、そんなに上手ではなかったが、下手というほどではなかった。審査員と称する、髪が長いか、ひげをはやしているか、眼鏡をかけているか、あるいはその全部かの大人の男たちからの質問にもうまく答えられなかった。歌も、受け答えも、いわば棒読みだった。よく本選に残ったものだ、と羽衣子は頭の片隅で驚いた。

ともにレッスンを受けるうち、女の子たちは、自然と二、三人ずつまとまって、お喋りしたり、励まし合うようになった。羽衣子はいつものように孤立した。ひとりでぽつんとしていた。そんな羽衣子を女の子たちは目で追った。これもいつものことだった。講師たちからの視線も感じた。気づくと、彼らはこちらを見ていた。

工作バサミで切った不揃いの前髪を掻き上げながら、腰まで届く長い髪をそよがせて歩くだけで、周りの者たちは羽衣子から目が離せなくなった。これにもまた、羽衣子は少しだけ驚いた。スターを夢見る女の子たちも、プロの目を持つ講師たちも、羽衣子の身近にいるひとたちと同じ反応をするなんて。

初めて習ったダンスの腕前は、歌と並び不格好ではない程度だった。だが、芸能が「そこそこ」であれば、優勝は羽衣子だろうという雰囲気がレッスン会場でできあがりつつあった。ボイストレーニングの講師が羽衣子の高音にチャームを見つけ、決定的になった。羽衣子の声は、少しかすれていて、蜂蜜を垂らしたように甘い。

練習の末、歌うときだけでなく、話すときにも出せるようになった。口元に微笑をたたえながらも恥ずかしそうに目を伏せる仕草、首を浅く傾け、顔を左右にかすかに揺らし、ものいいたげにじっと見つめる視線。それらも、歌っているときだけではなく、だれかと会話するときに、照れずにできるようになった。

本戦には出場しなかった。

優勝しても、しなくても、「どうしようもなさ」は変わらない。そんな思いが満ち満ちて、その朝、からだを動かすのが億劫《おっくう》になった。部屋から出たくなくなった。

腰のあたりにバスタオルを一枚かけ、横になっている母の隣に寝そべり、目を閉じた。からだを縮こまらせ、口元に親指をあてていた。またひとつ「どうしようもなさ」が増えた。ホバリングをしていたトンボの位置が少し、高くなった。羽ばたく音が少し遠ざかり、羽衣子を見つめる何万個の目も少し遠ざかった。孝史がみえ子を呼んできて、ふたりがかりで急《せ》かされても、羽衣子は目を開けなかった。

「そんなに大声を出したら、おかあさんが起きちゃうでしょう？　おかあさんは具合がよくないの。そっとしておいてあげないと、かわいそうでしょう？」

まぶたを下ろしたまま、ふたりに言った。

羽衣子が本戦をすっぽかしても、みえ子は怒りもしなかったし、さして落胆もしなかった。

「孝史くんが迎えに来たときはビックリしたよ」

と言っていたが、そんなに驚いてはいなかったと思う。

「まさか、あたしが孝史くんにあんなに頼りにされてるとはねえ……」

と、そちらのことのほうが驚きだったらしい。孝史は、姉がスターになると思い込み、知り合いに吹聴《ふいちょう》していたようだった。揺り動かしても起きようとしない姉をなんとかできるのはみえ子だけだと思ったらしい。「頼むよ、頼むって」とみえ子の腕を摑み、揺すり、家まで引っ張ってきたそうだ。

「ここ、ぎゅって摑まれちゃった」

みえ子は二の腕をさすり、

「ここも」

と肘を撫で、

「あと、ここも」

と自分の手首を握りしめた。

姉弟の学費は、みえ子が用立てつづけた。羽衣子が高校に進学するころには、みえ子の親の知るところとなった。みえ子の親は、娘の親友の窮状を知り、支援した。彼らにとって、羽衣子は、娘に初めてできた親友だった。親友を助けるために、こっそり自分のお小遣いを渡していた娘のやさしさに打たれたようだ。とても綺麗な女の子を親友に選んだ娘を哀れにも思ったらしい。

「なんか、そっと目頭とか押さえちゃってたよ」

と、みえ子がゲラゲラ笑っていた。そばで孝史も腹を抱えて笑っていた。

「これで孝史くんも高校にいけるね！」

みえ子が孝史の肩を叩こうとしたら、するりとかわし、

「恩に着せてんじゃねえよ」

と黒目を動かし、みえ子を睨むようにした。

「おれは高校なんかいかないからな」

腕組みしたら、みえ子は「えー」と大げさに驚き、

「いってよー。ね、孝史くん。お願いだから高校いって」

とまた孝史の肩にさわろうとし、するりと逃げられていた。

親が羽衣子たち姉弟を支援するようになっても、みえ子は「えんまちょう」に金額を記入しつづけた。みえ子の親は返済などしなくていいと言っていたが、みえ子はそれを無視した。

「あのひとたちはそう言ってるけどさあ。でも、それって、最初の約束とちがうよね。あたしとウイちゃんとふたりで約束したんだもんね。女の約束だもんね。ウイちゃん、覚えてる?」

折にふれ、そう念を押した。

「ウイちゃんはアイドルになって、あたしにお金を返してくれるんだよね」

ピンクのノートを胸に抱え、「もはや天文学的な数字ですよ」と金額が増えたことを羽衣子に教えた。ノートのなかは見せなかった。具体的な金額も口にしなかった。さらに催促もしなかった。しかし、みえ子は、「えんまちょう」の存在と、「最初の約束」を羽衣子に決して忘れさせないようにしていた。

食卓３

遊佐家の夕食がスタートしたのは午後六時半だった。羽衣子と正平とで食卓を囲んだ。賢右は部内の懇親会だった。月に一度の催しである。みえ子からは同僚と済ませてくると連絡が入った。その電話は正平が受け、隣家に回覧板を届けに行っていた羽衣子に伝えた。

「あら、そうなの」

羽衣子は、ゆっくりと頭をめぐらせ、すっかり支度の調ったキッチンを見やった。

「じゃあ、きょうのお夕飯はふたりきりね」

顔を戻して、微笑した。いずみはまだバイトから帰っていなかった。

この日の献立は、海老とホタテのグリル、どっさりキノコのコンソメスープ、かぶとクレソンとトマトのサラダ、濃厚クリームチーズリゾットだった。それともちろん、彩りゆたかなミックスピクルス。

小食の羽衣子は、自分の皿には料理をちょっぴりしかよそわない。この日もそうだった。正平の皿には、多めに盛った。食卓に賢右がいないとき、正平の皿は大盛りになる。正平は高校生男子としては食の細いほうだった。おまけに今夜は少々体調が悪かった。皿を見て、「……あ」とつぶやき、羽衣子を見た。

「育ち盛りなんだから」

羽衣子は柔らかな微笑をたたえていた。正平の皿を眺めている。正平ではなく、正平の皿をたのもしそうに眺めていた。

テレビを消した静かなリビングで、ふたりきりの夕食が始まった。羽衣子は正平にしきりと話しかけた。普段よりも、快活に見える。言葉数も多い。正平とふたりのときはいつもそうだった。表情にも声にも、少しだけ明るさが増す。秘密の時間を共有しているような、ひそやかさも漂わせる。

「美味しい？」

正平が料理を口に運ぶたびに訊ねた。

「うん」

羽衣子と目を合わさずに正平はうなずく。ほとんど機械的なうなずきようだった。彼は、もう、微笑を浮かべていなかった。まぶしげに目を細め、アハハとそらぞらしく笑うこともない。ただし、その名残は口元に少々あった。仕方なく笑う、という表情になっている。

　羽衣子は正平が口にした料理の説明も次々とする。

「ダブルコンソメっていうのよ。お休みのときにね、牛のスネ肉をフードプロセッサーにかけて、タマネギも人参もセロリも刻んでおいて、ブーケガルニと一緒にブイヨンで煮込んでおいたの。それを冷凍していたの。あ、ブイヨンも冷凍しておいたのがあったから、そんなに手間じゃなかったんだけど……」

　これは、どっさりキノコのコンソメスープのときである。海老とホタテのグリルのときは、「グリルって言ってもただ焼くだけだから簡単なの。でも、一応、スパイスにはちょっと工夫しているのよ。ちょっとだけだけど」というふうだった。

「うん」

　黙々と食べつつ、正平はうなずく。羽衣子からは、一月末におこなわれた実力テストの成績がまずまずだったことをまた持ち出され、学年末考査の日程や、「今、学校で流行《はや》っていること」なども訊かれた。正平の答えはいずれも簡潔だった。話すときは、羽衣子の顔を見たり見なかったりした。

「テレビつけちゃおうか？」

　羽衣子が声を弾ませる。立ち上がり、センターテーブルの上に載っていたリモコンを手に取る。電源を入れ、

「なんチャン？」

と振り返り、首をかしげた。

「や。いい」

ごちそうさま、と正平は席を立った。

「あら、もう？」

半分しか食べてないじゃない、と羽衣子は正平の皿を見た。手にはまだリモコンを握っていた。手首の力を抜いていたせいで、リモコンが垂れ下がっていた。

「ちょっと寒気が」

正平は洟《はな》を啜《すす》り上げてみせた。洟は出ていなかったが、そうしてみた。

「あらたいへん」、「早く言ってちょうだいよ」、「いつから具合が悪いの？」、「今年は寒いから」、「インフルエンザ、流行《はや》ってるみたいよね」と言いながら、羽衣子はリモコンをセンターテーブルに置き、床に膝をついてリビングボードの引き出しを開け、体温計と風邪薬を出した。

「はい、お薬。熱もはかっておいたほうが……」

振り向いたら、正平はリビングを出て行こうとしていた。ペットボトルを持っている。冷蔵庫から出したのだろう。

「正平？」

声をかけた。正平は羽衣子に背を向けたまま、ペットボトルを振った。ドアが閉まるまで、羽衣子はほっそりとした正平の後ろすがたに目を凝《こ》らした。暗闇でものを見るように、じっと見た。だれかと重ね合わせているようだった。

風呂に入り、髪を乾かし、丁寧にフェイスマッサージをほどこした。アイロンをかけようかと思ったが、取りやめ、ソファに座り、料理の本を読んだ。羽衣子のそろえた料理本はどれも大型で、カラーページが豊富だった。料理専門学校が監修しているものが多く、本格的である。彼女がそろえた調理器具もまたどれも一流品だった。デパートや雑貨店をこまめに覗き、ひとつひとつ選んだ食器はお気に入りのものばかり。家族はちっとも気づかないけれど。

十時少し前、いずみが帰ってきた。コートを着たまま、リビングのドアを大きく開けた。

「みえ子さんは？」

リビングを見回し、訊ねた。

「……きょうはお友だちとごはんですって」

一拍遅れて、羽衣子が答えた。

「あ、そうなんだ」

いずみはコートを脱ぎながら、リビングを出ていこうとした。ドアを閉める直前、振り返り、

「ただいま帰りました」

とペコリと頭を下げた。

「おかえりなさい」

羽衣子も頭を軽く下げた。前から挨拶だけはいやにきちんとする子だったが、今の「ペコリ」はスムーズな動作だった。だけでなく、いずみは、なにか、感じが変わった。なにも変わっていないようなのに、「感じ」がどこか、ちがう。ふと、いずみだけではないような気がした。頰に手をあて、仰向いた。正平と賢右を思い浮かべる。

羽衣子の視線は、白い天井、白い壁、一メートル以上もあるドラセナ・カンボジアーナの密集した細長い葉、ウォールナット無垢材のリビングボード、同じ素材のダイニングテーブルへと移った。そこで目を伏せ、足元を見た。

フローリングも無垢材を使っている。年に一度はワックスをかけていた。家具をずらし、サンドペーパーで傷や汚れを削ってから、木目に沿って塗料をすりこんでいる。

長い髪の毛が一本落ちていた。つまみ上げて、ゴミ箱に落とす。

「いいお家に、いい家族。ウイちゃんは、今、とってもしあわせなんだね。よかったね」

みえ子の言葉を思い出した。

賢右が帰宅し、少し経って、みえ子も戻った。

「ごめんね、ウイちゃん、晩ごはんドタキャンしちゃってほんとごめん。せっかくつくってくれてたのに」

　酒を飲んできたらしく、みえ子の声は大きかった。わりあいすぐに、いずみと正平が二階から下りてきた。ふたりとも、もののついで、という顔つきをしていた。「寝てなくていいの？」と羽衣子が気遣うと、正平は「うん、まあ」と寝癖を直した。

　みえ子がキッチンを覗く。

「ねーねーウイちゃん、きょうのお菓子なに？　まだ残ってる？」

　みえ子がキッチンを覗く。リビングのフローリングにかかとを置き、キッチンのクッションフロアに爪先《つまさき》を置いていた。

「多めにつくってるから大丈夫よ」

　羽衣子はお茶の準備をしていた。甘いものも添えようと思っていた。今、声をかけるつもりだった。

「やったぁ」

　みえ子はバンザイをし、口を両手で囲い、

「みなさーん、お待ちかねのお茶と甘いものの時間ですよ」

　と知らせた。

「聞こえてたっつうの」

　ソファに腰を下ろしていた賢右が軽口をきき、立ち上がった。

「みえ子さん、ご機嫌じゃん」

「てか、バンザイするほど？」

リビングの入り口近くに所在なく立っていたいずみと正平もにやつきながら食卓に向かう。午後十一時を過ぎていた。

「どうした、正平、熱でもあるのか？」

「あー、んー、ちょっと……」

「あるのか、ないのか、どっちだ」

「出てきたかも」

「『かも』？」

「熱っぽい、ってことよね」

と羽衣子が正平に向かってうなずいた。

「なら、そう言えばいいじゃないか。風邪か？」

「かもしれない」

「また『かも』か」

賢右は鼻から太い息を出した。苺《いちご》のムースにスプーンを入れる。

「最近の若いやつは、なにかって言うと『かも』をつけたがる。うちの会社のやつもそうだ。こっちが親切にアドバイスしてやっても『なるほどですねー、そうかもですねー、そういうのもアリかもしれないですねー』なーんて、へらへらしやがるんだ」

　賢右が正平の発した「かも」から話題を広げる。

「ばかにしてるわけじゃないと思うな」

　みえ子が言うと、

「わたしもそう思うな」

　といずみもみえ子の口調を真似た。

「丁寧語のつもりなんじゃない？」

　とつづける。賢右を見ずに、苺のスライスをスプーンに載せ、口に入れた。

「『ですね』つけたら、丁寧になるってもんじゃないだろ」

　賢右もいずみを見ずに答えた。ハーブティーをがぶりと飲む。いずみとみえ子はちいさく笑い合っていた。

「……いや、しかし」

　賢右はティーカップをソーサーに戻し、「分からんでもないんだ」と独白した。

「年長者っていうか、上司っていうか、まあ、なんだ、年嵩《としかさ》の煙ったいやつにたいする口の利き方はむつかしいもんだからな」

　と、苦いひとり笑いをまぶしつつ、つぶやいた。

「さっすが賢右さん。話せる大人って感じ」

すかさずみえ子が手を叩き、

「おー意外な一面」

といずみも驚いた振りをした。ほんのり赤い頬をした正平もひそかに目を見張ってみせた。

「おれにだって若いころはあったんだ」

ばかやろう、と賢右は胸をそらせつつ、大々的に顔をほころばせた。

「で、なんだ、おまえのその熱っぽさは。風邪か？」

正平に同じことを訊く。たぶん、照れ隠しだ。

「かもしれない」

正平の答えも先ほどと同じだった。ただし、今回は、

「学校にいるときからちょっと怠《だる》かったんだ」

と付け加えた。

「お医者さんじゃないんだからサ、自分ではなかなか『風邪です』って断言しづらいかも」

言ったあと、みえ子はテーブルに身を乗り出して、正平の顔を覗き込んだ。「だいじょぶ？」と訊ね、「痛くない？」と自分の喉にふれた。正平は答えなかった。まぶたを中ほ

どまで下ろした横目で、みえ子を見ていた。

「やっぱ、風邪にはたまご酒がいちばんだよね」

体勢を元に戻し、みえ子はだれにともなく言った。

「分かるー。ハーブティーもあったまるけど、なんたってたまご酒ですよ」

いずみが応じた。「まつおか」でおかみさんに飲ませてもらったことがあるらしい。

「あれ、けっこう効くんだよな」

賢右も賛同した。

「それ、なに？」

正平が訊き、みえ子、賢右、いずみの三人が一斉に答えようとしたとき、

「あのね」

と羽衣子が口をひらいた。

「おとうさんたらね、前にお医者さまに行ったとき、『風邪なんですが』と言って、『風邪かどうかはこっちが決めることです』って叱られちゃったこと、あるのよ」

賢右が「うへえ」と顔をしかめてみせた。

「おかあさん、そんな昔に話したこと、よく覚えてるなあ。おれだって忘れてたのに」

と羽衣子に話しかけたのだが、羽衣子は、ふ、と微笑するきりで、特に反応しなかった。

「正平」

息子の名を甘やかな声で呼んだ。

「ホットワインつくったげようか？」

未成年だけど、ちょっとくらいならいいでしょ、と立ち上がった。

「アルコール飛ばすから、未成年でも平気だよ」

と言うみえ子に二、三度顎を引き、キッチンに向かう。正平の席で立ち止まり、「どれどれ？」と息子のおでこに自分の額をくっつけた。正平がわずかに嫌がる素振りを見せる前に、スッと離れる。

「少し熱があるみたい」

と、みえ子に告げた。

二月十三日だった。みえ子が遊佐家にやってきて、二十日目。三週目がもうすぐ終わる。この一週間はとても早く過ぎた。

第三章　三週目

正平

甘いものの時間の途中で部屋に戻った。「早く寝ろ」と父が命じた。

「そんなイキの悪い顔と付き合わされる、こっちの身にもなってみろ」

いつものように無神経なものの言い方だった。しかし、正平はそんなに傷つかなかった。父がこう付け足したのだった。

「おれたちもそろそろ寝るから」

父にしては最大級の気遣いだった。そう認めつつも、正平は引っかかった。団らんタイムに留《とど》まっていたいことを見抜かれたにちがいない。正平は自分がひそかに愉しみにしていることを、ひとに――特に家族に――知られるのが好きではなかった。なぜか、どうにもきまりが悪いと思う質である。

だが、この場合、実を言えば、さして気になっていなかった。正平が、自分のなかで、「引っかかった」としたかっただけだ。

父の言葉から、「団らんタイムが愉しみなのはお前だけじゃない」というきもちが伝わってきた。正平は、つい、父に親しみを感じてしまった。そんなことは今までなかった。少し照れ、少し戸惑《とまど》い、少しうろたえた。結果、少し悔《くや》しかった。

さらに言えば、正平は父の最初の言葉にも、ある種の親しみを覚えていた。

（ほんっとに口の悪いやつだな）

正平のなかに、ほんのちょっと面白がる自分がいた。胸のうちで、「こういうふうにしか言えないひとなんだな」とみえ子の意見をみえ子の口調で繰り返した。

幽霊に出くわしたときに唱えるお題目のようなものである。たとえ、ちょっとは面白がれるようになっても、父になにか言われると、自分が期待はずれの者だったことを思い出してしまう。

ベッドで横になっていたら、母がホットワインを四角いお盆に載せて持って来た。お盆には、ミネラルウォーターとポカリスエット、そして冷えピタ、体温計、タオルが載っていた。

正平はからだを起こし、ホットワインを受け取った。母は飲み物と体温計を机の上に置いた。机はベッドの隣にあった。手を伸ばせば届く位置である。

「もしもインフルエンザだったら、勝手にお薬をのんじゃいけないのよ」

母はタオルを枕元に置いた。正平の前髪を掻き上げ、おでこに冷えピタを貼った。暖房のリモコンを手に、「もっと暖かくしなくていい？」と訊く。

正平は怠そうにうなずいたり、かぶりを振ったりした。ホットワインに口をつけ、飲むことに集中する振りをした。ショウガの香りがした。各種スパイスの香りが絡み合っているのだが、正平が嗅ぎ分けられたのはショウガだけだった。それと、蜂蜜の味。

「ほんとうはワインにスパイスをひと晩漬け込むといいんだけど……」

独り言を言ったあと、

「熱が上がったら、言ってね」

母は正平の頭をゆっくり撫でて、部屋を出た。ドアの閉まった音を聞き、正平は低く笑った。まったく、女ってやつは。はっきりと言葉にはしなかったが、おおよそそのようなことを考えた。

みえ子、来るかな、ともチラと思った。いや、来ないな。即座に思い直した。夜は、部屋で姉の悩みを聞いているらしい。そして夜中はたまに父の愚痴に付き合うようだ。父とはトイレに起きるタイミングが似ているから、とみえ子が言っていた。頻尿《ひんにょう》の友かよ、と正平は笑った。姉とは不細工の友だと思ったが、さすがに口にしなかった。

ホットワインを飲み干した。旨《うま》くも不味《まず》くもなかった。たしかにからだは温まった。早くも汗が出てくる。いいぞ、この調子。きっとすぐに治る。

牛乳を飲まなくなったせいでからだが弱くなったのかもしれない、とこころのどこかで思っていた。大ぶりな動作でふとんをめくる。自分のなかのこどもっぽさをバフリと跳ね飛ばすように。

どさりとからだを横たえ、ふとんを顎まで上げる。照明用のリモコンを握ったまま、正平は目を閉じた。目の前が暗くなると、微熱がからだを揺らす。目を開けても、頭のなかが揺れた。

母の顔を思い起こした。きょうの夕方。みえ子から家で夕食をとれないと連絡を受け、伝えたときの。

「あら、そうなの」

母は、ゆっくりと頭を動かし、キッチンを見た。

「じゃあ、きょうのお夕飯はふたりきりね」

正平に顔を戻して、微笑した。いつもと変わらぬ、静かで、穏やかな笑みだった。眉、瞳、唇。最小限度の動きでつくったほほえみは、母がその場から立ち去っても、煙みたいにしばし残る。

ふいに、文字認証をもとめるパソコン画面が正平の頭によぎった。セキュリティチェックのために使われる文字の羅列である。歪んでいたり、ばらばらの向きだったりする。

画面に現れたいくつかの文字を読めるかどうか試されているだけなのだが、ついつい意味を考えてしまう。自分の知っている言葉と関連づける作業が脳内で勝手に始まる。どうやら脳みそというやつは、文字が並んだらなにかの言葉になると思い込んでいるらしい。

母の微笑にも、特に意味はないのかもしれない。母は、きっと、その表情が自分にもっともよく似合っていると知っているだけだ。写真を撮るときの決めポーズみたいなもの、と思いついた。

幼いころの正平は、母のほほえみは自分にだけ向けられると思っていた。ぼくのことが世界でいちばん大事なんだ、と信じた。母の目を見ると、星のまたたく夜空に浮かんだように感じられ、とろけそうになった。

そのほほえみが、だれにでも向けられていると気づいたときの落胆。裏切られた、と思った。そんな言葉はたぶんまだ知らなかったけれど。

その後、父との関係が悪くなり、助けてくれない母に失望した。父は母の言うことならなんでも聞くはずだ。なのに、母はなにも言わない。

父が正平を罵《ののし》ったり、あるいは、父が姉と険悪な雰囲気になったりすると、とりなそうとはする。だが、それは、あくまでも父の顔を立てるためだった。そうするのが、妻というもの、母というものだと心得ている。

というもの。

流れで出てきた言葉を正平は口のなかで復唱した。速やかに合点がいく。母は「というもの」のひとなんだ。

正平は、母の内側にふれた覚えがないことを、急に思い出した。母がふれさせないようにしている気がした。

決して語りたがらない過去といい、意味のない微笑といい、手抜きしない家事といい、母は、良妻賢母というものを実行している。だが、そこにいるのは、母本人ではない。母本人はどこにもいない。そう思えてならなくなった。

たとえるならば、全身タイツを着るタイプの覆面プロレスラーである。正体は謎に包まれている。それを知られることは、覆面レスラーにとって大きな恥であり、痛手である。

覆面をつけているからこそ、実力以上の良妻賢母になれるのだ。覆面をはがされたら、おそらくみすぼらしい素顔があらわれる——。

正平の脳裏には、夕食時の母のようすが浮かんでいた。母は謙遜しながらもいかに手の込んだ料理なのかをくどくどと語ったり、正平の機嫌を取ろうとしたりした。ホットワインを持ってきたときもそうだ。夕食時には薬をのめと言ったのに、自分がそう言ったことなどすっかり忘れ、デキる母親みたいな顔で「お薬はのまないほうがいい」と言った。

覆面の下の素顔が覗いたような気がする。一連の母の行為は、正平にみすぼらしさを感じさせた。

　ことにスキンシップ。少し前には額を合わせて熱をはかろうとし、さっきは頭を撫でていった。どちらも、なんだか、唐突だった。覆面が半分くらいズレた感じがした。ここぞとばかりに正平にすり寄ってきたようで、みすぼらしさが際立った。おそらく、母はみえ子に対抗意識を燃やしているのだ。みえ子がたまご酒と言ったらホットワインをつくり、みえ子に見せつけるようにして正平にべたついてきた。

　まったく女ってやつは。

　はっきりと言葉にせずにまたそう思い、正平は咳払いした。

　ここ一週間でついた口癖だった。声には出さないから、思い癖と言ったほうがいい。正平が頭に浮かべるのは、「まったく」のみだった。文字で書くと「まったく……」になる。「女ってやつは」と、たとえ頭のなかでも言語化できなかった。童貞小僧が精一杯背伸びをしているようで、面映《おもはゆ》いのだ。

　主観的には実感がこもっていた。ただし「まったく女ってやつは」につづく言葉はまだ思いついていなかった。どの言葉をつけても、しっくりしない。

　正平の「実感」は、「まったく女ってやつは」と呆れながらも許してやる感じ、だった。

　自分がその気になれば、肉体的にも精神的にも泣かせることができる――「泣かせる」には性的な意味も含まれる――湿って柔らかな肉を持つ、おつむの弱いちいさな動物の存在を認めてやる感じ、である。

その言葉を漏らすときのイメージ映像は、かぶりを振りつつ、なか指で耳の後ろをちょっと掻く、というものだった。ウインクとまではいかないけれど、片方の目を細め、「まいったね、どうも」というふうに苦笑する。

父がよくやる身振りであり、表情だった。正平は、そのことに、気づかない振りをしていた。けれども、観光地によくある顔ハメ看板の丸穴に顔を入れるように、父によく似た身振りに自分自身をあてはめていた。

控えめなノックの音がした。

答えると、ドアが開き、みえ子がそろりと顔を出した。

「お加減、どーお？」

心配そうに眉根を寄せている。

「大したことないし」

正平は上半身を起こした。枕を立てて、背をもたせかけた。片膝を立てる。ふとん越しに、両手で膝を抱えた。ベッドのヘッドは部屋の奥側だった。正平は、ドアに向かって足を伸ばす恰好になる。

「まじ大騒ぎするほどのことじゃないし」

立てた膝を引き寄せ、ふとん越しだが、そこに顎を乗せた。コンビニで見かけたファッション雑誌の表紙の写真を参考にしたポーズだった。件《くだん》の雑誌は年に一度か二度、男性アイドルのヌードを載せる。そのポーズを真似たのだった。

「元気そう」

よかったー、と言いながらも、みえ子は噴き出した。おさえきれずに笑い出してしまったようで、盛大に唾が飛んだ。

「きったねえ」

正平は不快感を多めにあらわにし、みえ子を睨んだ。なるべく冷たい視線になるよう、目に力を込めた。この目で睨めば、みえ子はおとなしくなる。なにを言われてもだらだらと笑い、一向に堪《こた》えないみえ子の弱点は、自分の、このまなざしだ、と正平は先週、知った。

へどもどするだけのみえ子だったが、何度か睨んでいるうちに、だらしなくゆるんだ顔を見せるようになったのは、今週である。どっぷりとなにかにはまり込んだような陶酔《とうすい》した表情で、なまぬるい息を吐く。性的に興奮しているらしい。どうにでもしてくれと懇願《こんがん》する気配を感じる。気味が悪かった。この上もなく醜かった。

こいつはぼくがなにをしてもいいやつなんだ。そう思えた。

だからと言って、正平はみえ子になにをするのでもなかった。

みえ子が自分の言いなりになると確信できたことが彼にとって重要だった。つまり、崇《すう》拝《はい》者を持つこと。要は、支配者になること。見せかけの支配者である父とはちがい、正平は、みえ子にたいして、真の支配者である。

正平は大いに自信をつけた。これほど大きな自信には慣れていなかった。だから、まだふらついている。免許取り立てのドライバーのようなものだった。大型車がそばを通ると少し怖い。近いうちに、あざやかに追い抜けるとは思うのだが、今は、まだ、少し気後れする。

みえ子と接して、自然と胸に浮かび上がった、あの言葉。「まったく（女ってやつは）」と唱えるごとに、男ぶりが上がる感じがした。容姿にも気性にも磨きがかかり、余裕がにじみ出てくると思える。高級な油に似たよいにおいが、首筋から立ってくるようである。

みえ子にたいしてだけでなく、正平は、接する女性みんなに「まったく（女ってやつは）」と思うようになりつつあった。

ぶつかっておいて謝りもしないオバちゃんも、無愛想なファストフード店の女店員も、成績優秀な同級生女子も、マラソン大会で正平を追い越した部活女子も、ずうっと正平を取るに足りない者として扱っていた姉も、そして母も、「まったく（女ってやつは）」と思えば、湿った柔らかな肉を持つ、おつむの弱いちっぽけな動物になる。呆れながら許してやれる。

「いつまで笑ってんだよ」

冷たい視線を投げても、みえ子はからだを折って笑いつづけた。「だって、だって」とあえぎながら言う。

「正平くんたら、冷えピタつけてるし」

かっこいいんだけど、可愛いし、と正平を指差した。正平は慌てて冷えピタをはぎとった。手のなかで丸め、床に叩き付ける。

「……姉貴の悩み相談じゃないのかよ」

腕組みし、ふくれっつらで訊ねた。

「姉貴って」

ようやく笑いがおさまりかけたみえ子が、また笑いたそうな口元をした。正平のいつもの姉の呼び名は「おねえちゃん」である。「姉貴」は初めて使った。

「姉貴って……」

みえ子は繰り返し、分厚い唇をもぞもぞと動かした。潤《うる》んだ目で正平を見る。くすん、と鼻を鳴らした。いったんうつむき、顔を上げる。

「いずみちゃんは、お風呂入ってるんだよ」

普段の調子に戻っていた。努めてそうしたふうだった。

「ふーん」

正平は顎に手をあてた。

みえ子の部屋から聞こえる話し声に気づいたのは今週だった。それまでは映画かなにかの音声しか聞こえなかった。みえ子が自分の言いなりになると気づいたときから、正平の耳は敏《さと》くなった。そばだてているわけではないのだが、みえ子にかんする音をよく拾うようになっていた。

みえ子に訊ねたら、「え？　なんのこと？」と絵に描いたようにキョトンとした。「映画観てるだけなんだけど」と唇をすぼめ、フフンフンフンと鼻歌を歌うように首を左右に振り、そらっとぼけた。どちらの表情も、醜いだけでなく、憎たらしかった。

正平はみえ子の部屋の入り口に立ち、みえ子は万年床に横座りしていた。「誤魔化してんじゃないよ」とつぶやいたあと、思いついて、みえ子の部屋に入った。

長くて細い足をひらいて腰を落とした。少し肩を怒《いか》らせ、曲げた両膝に手をあてがい、みえ子の顔を覗き込んだ。みえ子がドギマギしているのが手に取るように分かった。「だれと話してたんだよ」と普通の声で言った。「言えよ」とちょっぴり不良っぽくすごんだ。すると、みえ子は、ハー、と長い息をつき、白状したのだった。

夜中に起きたみえ子が階下に下りて、なかなか戻ってこないことにも気づき、正平は、同じやり方でみえ子に白状させた。「まったく（女ってやつは）」と正平が腹のなかで思ったのは言うまでもない。

「あんたら、毎晩、毎晩、なに話してんの？」

てか、姉貴の悩みってなに？　と正平が訊くと、みえ子は首をかしげた。訊いたものの、正平は答えなど期待していなかった。聞かなくても、だいたい分かる。とどのつまりは、不細工同士の慰め合いだろう。

「んー、結局、他愛ないガールズトーク？」

「ガールって」

正平は失笑を漏らした。「ふたりともガールのつもりなんだ？」と茶化すと、みえ子が嬉しそうに「失礼しちゃうわ」とふくれてみせた。プーと頰をふくらませた状態を二秒つづけたあと、空気を抜くように息を吐き出した。顔つきをいくぶんシリアスなものに変える。

「あのね、さっき賢右さんが正平くんにああ言ったのはね」

みえ子が指しているのは、「早く寝ろ」と命じたあとの父の言葉だった。

「正平くんのからだを心配してるんだけど、賢右さんは、ああいうふうにしか言えないブキッチョさんだから……」

みえ子は、父のフォローをした。傷ついた正平をフォローするのが目的だと思われる。

みえ子はよくこういうことをする。鈍感にしか見えないが、なかなか神経こまやかな一面があるのだった。

たぶん、ぼくにかんしてだけなんだろうけど、と正平は思っている。それにみえ子は、父とは頻尿の友である。みえ子を鈍感な女だと思い込んでいる父が、うっかり漏らした本音を聞いているのかもしれない。

ときどき、正平は父の本音を想像する。

——あいつはおれとは正反対のタイプではあるけれど、最近、みどころがあると思えてきてね。

——期待はずれだと思っていたのは、おれの勘違いだったかもしれないなあ。

——しかし、まあ、急に態度を変えるのには、照れがあってね。

なんてめんどくさいやつだ、と頬をゆるませ、正平は満足する。自分がすごく大きな男になった気がする。父を許してあげられるくらい、大きな男に。

みえ子に、父とどんな会話をしているのかは訊かなかった。想像とちがう本音は聞きたくない。

「気にしてないし」

そう答えたら、みえ子は、

「だと思った」

と正平の言を即座に肯定した。正平くんはそんなちっちゃいことに拘《こだわ》る男の子じゃないものの、と暗に言う。

「今のはあたしの老婆心」

　ぺろりと舌を出し、冗談めかした。

「あいつの口の悪さってどうにかならないのかな。や、分かってはいるんだけど」

　困ったもんだ、というふうに正平はため息をついた。

「でもさぁ、口は悪いけど、手は上げないからねえ」

　みえ子がまたしても父をフォローする。このフォローも、正平は何度も聞いたことがあった。

「あの上、暴力をふるったら完璧ＤＶ男だし」

　と応じると、父のよいところは家族に暴力をふるわないという一点だけのような気がしてくる。

「賢右さん、知ってんだよね。自分に腕力があること。だから、手を上げないんだよ。もしも賢右さんに本気で殴られたら、あたし、顔面骨折しちゃう」

「そうなったら、今以上に顔面が崩壊するな」

　笑いながら、正平は、強い男は女に暴力をふるわないものだと学習する。

「……部屋に戻れば？」

　みえ子に言った。

「ぼく、大丈夫だし。姉貴はけっこうカラスの行水だし」

そう付け加える。なんとなく「ありがとう」と言いたくなり、急いで意味なく「まったく（女ってやつは）」と思ってみた。すると、みえ子がしたフォローって、実は母親がやるべきことなんじゃないの？　と閃《ひらめ》いた。「まったく（女ってやつは）」と再度思う。今度はしんからそう思った。

賢右

部内懇親会の予定だった。夕食は要らないと羽衣子に言った。だが、懇親会は中止になった。今回の幹事を含め、数人が欠勤したのだ。インフルエンザだそうである。ノロウイルスに感染した者もいた。どちらも流行しているらしい。

賢右は背広の隠しから携帯を取り出した。電話帳をスクロールし、羽衣子の携帯の番号を探した。固定電話に連絡を入れるより、携帯のほうが確実である。

羽衣子は週に三日ほど、パートに出ている。知り合いが経営するパッチワーク教室の手伝いだ。出勤日は週によってちがうらしい。賢右は把握《はあく》していなかった。知らなくても差し支えなかった。羽衣子の終業時間は三時か四時だ。パートに出ていても、出ていなくても、賢右が帰るころに、羽衣子はかならず家にいる。

画面にあらわれた羽衣子の携帯の番号を押そうとして、指が止まった。ふむ、と携帯の画面を元に戻し、少し経ってから、うむ、とうなずいた。椅子から立ち上がり、休憩スペースに向かった。幾人かひとがいたので、トイレに足を向けた。はた、と足を止め、引き返した。トイレでこそこそ携帯を使っているところをもしもだれかに見られたら、あらぬ噂を立てられてしまう。そこで賢右は廊下の奥の窓のそばに立った。ここなら電波がよく入る、というふりをして、番号案内をプッシュした。案内係にみえ子の勤務先の電話番号を訊ねた。

「あれー、どうしたのー。なにかあったのー」

みえ子の声はじかに聞くより間延びしていた。

「なんにもねえよ」

即座にそう応じたら、微笑が漏れた。みえ子と電話で話すのは初めてだったが、すぐにいつもの調子になった。みえ子の勤める売店まで電話がつながるあいだ、賢右は少々緊張していた。

「じゃあ、あたしの声が聞きたくなったとか?」

「んなわけねえよ」

機嫌よくみえ子の軽口を受け流し、賢右は言った。

「メシでもどうか、と思ってさ」

安い居酒屋で待ち合わせた。遊佐家の最寄り駅付近にあるチェーン店だ。早番だったみえ子は、約束の時間まで駅周辺をぶらつくと言っていた。賢右が居酒屋に着くと、傍《かたわ》らにドラッグストアのレジ袋とバッグを置き、カバーのかかった文庫本を読んでいた。

「すまん、すまん」

待たせちまったな、と賢右はみえ子の向かい側に腰を下ろした。個室風に仕切られた席だった。

「あ……」

みえ子が目を上げた。ぼんやりとしていた。賢右の気配を察知できなかったようである。読書に夢中になっていたらしい。声をかけられて気づいたようだが、そんなに驚かなかったのは、こころがまだ本の世界に留まっていたからだろう。

「なんだよ、そのボンヤリした顔は」

軽口を叩いたものの、賢右は感心していた。そこまで夢中になって本を読む人間を見たのは初めてだった。みえ子が本を読む者だと知ったのも新鮮な驚きだった。賢右の知る限り、読書家を自任するやつは、屁理屈が多い。なにかというと、本で得た知識をひけらかし、鼻の穴をふくらませる。みえ子にはそんなところがなかった。

ビールを注文した。みえ子が任せると言うので、料理も賢右が見繕《みつくろ》った。

「まー、一度くらいはトイレ以外の場所で顔を合わせてもいいかなと」

ジョッキを持ち、賢右は携帯でも話したことをもう一度言った。

「それに、おまえさんが我が家にいるのもあと一週間だ」

これも携帯で言ったことだった。

「とりあえず、乾杯」

ジョッキとグラスをカチンと合わせた。料理が次々と運ばれてくる。キュウリの一本漬け。炙《あぶ》りメサバ。コロッケ。肉豆腐。マカロニサラダとポテトサラダ。アサリの酒蒸《さかむ》し。

「賢右さんて、こーゆーのが好きなんだァ」

みえ子はテーブルに並んだ皿からちょっとずつ自分の小皿に取っていた。

「こういうとこでしか食べられないからな。ていうかさ、おまえ、自分のぶんしか取らないのな」

普通、男がいたら、そっちにも取り分けるだろうよ、と賢右はビールを飲み、ジョッキを早くも空にした。「気が利かねえな」と文句を言ったものの、こういうのも悪くないと思っていた。相手がみえ子だから、そう思った。もしもみえ子がかいがいしく賢右に料理を取り分けたら、「普通の女みたいなことしてんじゃねえよ」と思っただろう。「おれたちは、そういう間柄じゃないだろうよ」と言いたくなったに相違ない。

賢右のみえ子にたいするスタンスは、奇妙に同等だった。

最初はちがった。賢右はみえ子を気のいい駄犬のように思っていた。だが、会話を重ねるうち、まともに話ができる者だと思うようになった。打てばちょうどよく響くみえ子に、信頼を寄せつつあり、その信頼のありようは、みえ子の性別と無関係だった。

おれはみえ子という、ひとりの人間と付き合ってるんだ。

いつからか、そう考えるようになっていた。一方で、依然、怪異な容貌のみえ子に同情を寄せていた。女として気の毒だ、と腹の底から思っている。あのご面相じゃあ、女のしあわせは摑めない。甲斐性《かいしょう》のある男と結婚し、こどもを産み、育てる。それが賢右の考える「女のしあわせ」だった。

だが、だからこそ、賢右はみえ子と、「人間同士の付き合い」ができるのだった。彼は、みえ子を自分と――つまり男と――同等だと思っている。不器量で、結婚できず、子も産めない、三点セットのみえ子だから、そう思える。万が一、みえ子が自分より優れた能力を持っていたとしても、三点セットを思い出しさえすれば、彼の絶対的な優位性は、きっと、そこなわれないはずである。

さらに賢右は経済力でみえ子を上回っている。実家は裕福らしいが、みえ子自身はしがないパートタイマーだ。この点でもみえ子は賢右をおびやかさなかった。だから、安心して、同等だと思うことができる。

賢右のなかで「人間同士の付き合い」と「男と男の付き合い」は、微妙にちがう。後者の話題はおもに仕事や生きざまというものだった。前者の話題はそれより多岐《たき》に亘《わた》り、ときに隠しておきたい私生活にもふれる。賢右は、男にも、女にも言えないことを、みえ子には言えそうな気がした。言ってみたいと思えてきた。なにを話しても、みえ子は賢右の赤っ玉を上げたりしない。

「……もはや昔話なんだがね」

賢右は羽衣子との出会いを語った。

七月の、昼休みだった。天気のよい日で、三十歳になったばかりだった賢右はハンバーガーとシェイクを買い込み、会社近くの公園に向かった。外で食事をとりたくなったのだ。公園には、なにかの撮影をしていた一群がいた。ベンチに腰かけた賢右は、撮影を見物しながら、ハンバーガーを食べた。

モデルは女の子だった。両耳からイヤホンのコードを垂らし、ステレオカセットプレイヤーを持っていた。袖なしで、丈の短いワンピースを着ていた。白い、ストンとしたやつだった。ほっそりとした腕と足が剝き出しになっていた。遠目でも綺麗な子だと分かった。

彼女は大きな木のそばに立っていた。手に持っていたステレオカセットプレイヤーを顎にあてたり、胸元まで下ろしたりしていた。仰向いたり、うつむいたりもした。大きな木に寄りそったり、寄りかかったりと、さまざまな動きをしていた。いや、動かされていた。監督らしき人物の命じるままに、さまざまだけど同じ動きを淡々と繰り返していた。駆け出しのタレントだろうに、やる気のようなものは窺えなかった。

ハンバーガーを食べ終えた賢右は、シェイクのストローをくわえながら、撮影現場に歩を進めた。近くで見ると、予想以上の美少女だった。よくできた人形のようだった。美しいのだが、独特のうつろな目をしていた。茫漠《ぼうばく》と広がる夜の砂漠みたいな景色が、瞳の奥に横たわっていた。

その瞳のようすは、賢右に、ある同級生を思い出させた。小学校低学年のころ、同じクラスだった女子である。入学したときから、教員にも、児童にも、お客さん扱いされていた。なにひとつ満足にできず、なにか話しかけても、にこにことうなずくばかりだった。

賢右は、幾度《いくど》か、その子を履物屋の裏に連れて行った。履物屋は商店街のはずれにあり、耳の遠いばあさんがひとりでやっていた。裏手はちいさな草むらだった。賢右は、そこで、その子のズボンを膝まで下ろし、穴に指を入れた。まさぐっているうち、穴の存在に気づいたのだった。その子は厭《いや》がらなかった。しょっちゅう、クラスのほかの男児から虐《いじ》められていて、そのたび、賢右に助けてもらっていたからだ。その子の瞳も、独特にうつろだった。広大無辺の砂漠と澄んだ夜空が映っていた。

「あー、CMの撮影だネ」

みえ子の言う通りだった。あとで知ったのだが、そのとき、羽衣子はステレオカセットプレイヤーのコマーシャルフィルムを撮影していたのだ。出演者を一般から募集する企画のCMだった。三人の少女が選ばれ、三通りのCMが制作された。羽衣子の出たものがもっとも評判がよかった。ダントツの人気だった。

「おまえさんが応募したんだってな」

賢右はみえ子を指差した。みえ子はアサリの身を殻《から》から歯で削り取るようにして口に入れた。おしぼりで指先を拭い、「最初に受けた別のオーディションはダメになったんだよね。だから二度目の正直ってやつ」とVサインを出した。「それを言うなら三度目の正直だろ?」と賢右は受け流した。CM出演以前に羽衣子がなにかのオーディションを受けていたことは初耳だったが、無視したかった。あの羽衣子がオーディションに落ちた経験があるなど、考えたくない。羽衣子だって知られたくないだろう。だから口をつぐんでいるんだ、と思った。

「友だちが勝手に応募するという、まあ、よくあるパターンだ」

と少し笑った。よく聞く話だった。だが、羽衣子の場合は、ほんとうにみえ子が勝手に応募したはずだ。羽衣子が自ら応募するとは思えなかった。

その証拠に、あんなに人気を博したのに、羽衣子は芸能の世界に留まらなかった……、と考えつつ、賢右は、小学校低学年のころにいたずらした女の子の瞳を思い出していた。垢《あか》じみた、粗末な服を着て、器量もそんなによくなかったが、あの女の子の瞳は羽衣子によく似ていた。もちろん、この話は、口にしなかった。いくらみえ子にでも言えることと言えないことがある。

「一生に一度でいいから、テレビに出てるウイちゃんを……」

「え？」

賢右は訊き返した。ぼんやりしていた。

「やだー、聞いてなかったの」

みえ子はおしぼりを横にして口にあてた。

「思い出に浸《ひた》っちゃってたんだね」

うなずきながら、おしぼりをねじった。

「あたしも。つい、思い出に浸っちゃった」

いひひ、とみえ子は歯を剝き出した。ふうん、と賢右はテーブルに肘をついた。

「……そのころの羽衣子は、どんなだった？」

思いついて、訊ねた。母子家庭だったのは知っていた。母が病弱だったため、生活は苦しかったと羽衣子から聞いていた。ＣＭに出たのは、通信制の高校に進み、バイトに精を出していたころだったらしい。

みえ子が答える前に、賢右は「羽衣子について知っていること」を話した。

「あー、うん、そんな感じ。ウイちゃん、バイトがんばってたよ」

「コンビニだよな。でもCMで話題になって、居づらくなって辞めた、と」

「そうそう。いろんなひとがウイちゃんの写真を撮りにきちゃって。あとを尾《つ》けられたりとか。なんかたいへんだったんだ」

そう言いながらも、みえ子は得意気だった。親友が脚光を浴《あ》びたのがよほど自慢だったのだろう。

「だから、あたしん家にかくまったの。ウイちゃんに頼み込まれちゃって……」

「へえ」

初めて聞いた。

「んーと、なんだかんだで半年かそのくらい。CMが放送されなくなったら、けっこう落ち着いたんだ。ネットとかなかったし。今だったら、一部でしつこく話題になったのかもしれないけど」

「二十七年前、だもんな」

賢右は指を折って数えた。羽衣子は、たしか十六歳だった。そうして賢右は三十歳だった。

「しかし、そうか、そんなことがあったのか」

羽衣子がみえ子の家に世話になった一時期があるという話題に戻り、賢右は、「その節は家内がお世話になりました」とみえ子に頭を下げた。「イエイエ、今はあたしがお世話になっておりますので」とみえ子もお辞儀した。

「……羽衣子、付き合ってるやつ、いたのか」

賢右は声をひそめた。賢右が羽衣子と関係を持ったとき、羽衣子は処女ではなかった。羽衣子の初めての相手がどんな男だったのか、それはいつだったのか、賢右は見当をつけたくなった。さして強いきもちではなかった。言うならば、あそびごころだ。羽衣子が処女ではなかったことに、当時は大いにショックを受けたものだが、「あれだけ綺麗なのだからやむを得ない」と自分自身を説得した。

「どうだったのかな」

みえ子は首をかしげた。

「ウイちゃん、そういうことはあたしに話してくれなかったからな」

とさっきとは反対側に首をかたむけた。

「まあ、おまえさんに色恋の話をしてもなあ」

賢右は納得した。羽衣子はおそらくみえ子に気を遣ったのだろう。

「噂はいろいろ聞いたけどね」

みえ子は頬杖をついた。

「噂？」

「暴走族のリーダーと付き合ってるとか、そういう根も葉もない噂」

ウイちゃん綺麗だったから、とみえ子は目を細めた。

賢右が羽衣子と初めて言葉を交わしたのは、ＣＭの撮影を見かけてから、四年後だった。

羽衣子は池袋のオムライス専門店でウエイトレスをやっていた。

羽衣子の消息は、男性誌の特集で知った。「あのアイドルは今」である。雑誌など滅多に読まない賢右だったが、ビール目当てで寄ったコンビニで、その雑誌がなぜか目に入った。ぱらぱらと立ち読みしたら、羽衣子の写真が載っていた。白いエプロンを身につけ、オムライスの載った皿をカメラに向かって差し出していた。

賢右は羽衣子のことを忘れていた。たまに思い出す程度だった。だが、いったん羽衣子を――特に瞳を――思い浮かべたら、しばらく、こころに留まった。

ＣＭが放送された当初は「あの子だ！」と胸が高鳴り、滅多に読まない雑誌を買いあさり、情報を入手した。名前と生年月日を知った。高校一年生だということも。数は少ないもののインタビューも載っていた。どの記事でも羽衣子は「今後」について訊かれると、「さあ……」と「首をかしげて」いた。「でも、こういうお仕事をつづける気はないです」

とこれはきっぱり言ったようだ。「向いてないと思う……」と「うつむき」、「考え」、「なにか資格を取りたい」と「うなずいた」らしい。

　取引先との打ち合わせを終え、賢右はオムライス専門店に向かった。調べた住所は手帳にメモしていた。池袋で打ち合わせが決まったときから、寄ってみようと思っていた。わざわざ出向くのは気が乗らなかった。そんなことをしたら、ただのファンになる。あるいはミーハーな野次馬に。賢右は羽衣子のファンでも、野次馬でもなかった。彼の心持ちは恋にとても近かった。羽衣子にもう一度会いたかった。あの瞳に見つめられたかった。

　そう広くない店だった。ランチタイムを過ぎた、中途半端な時間帯だったが、席はすべて埋まっていた。客はほとんど男性だった。そして、ほとんどがひとり客だった。ひと組だけいた女性客のグループは落ち着かなさそうにしていた。

　ウエイトレスは三人いた。賢右は羽衣子しか見ていなかった。撮影現場で見たときよりも、いきいきとした動きだった。客に頼まれたら、ケチャップもかけてやっていた。

　別のウエイトレスに案内され、賢右は店のすみの二人席に案内された。相席だった。向かい側に座っていたのは、風采《ふうさい》の上がらない男だった。貧相なからだつきを安っぽい衣服で包んでいた。その男はオムライスを食べ終えていたが、窺うような目つきで、羽衣子のすがたを追っていた。

　賢右はちいさな紙袋の持ち手を握り直した。膝に置いたその紙袋にはスズランの花束が入っていた。店にくるときに通りかかった花屋で買ったのだった。渡せるかどうかは分からなかったが、買っておいた。花束には名刺も挟んでおいた。

水を運んできたのも、注文を取ったのも、オムライスを運んできたのも、羽衣子ではなかった。賢右はつまらないきもちでオムライスを食べた。驚くほどの旨さはなかった。羽衣子を見ていたかったのだが、相席の男の羽衣子を見つめる目がひどく下品だったので、はばかられた。勢い、腹が空いたので、たまたま寄っただけ、というポーズになった。

もうすぐ食べ終わる、というとき、相席の男が立ち上がった。なにやら急いでレジに向かった。振り向いてたしかめたら、羽衣子がレジに立っていた。見る間にレジに列ができた。

賢右は少しスピードを上げてオムライスを食べ終えた。水を飲んで口をゆすぎ、背広の隠しからミントタブレットを取り出した。二、三粒、口に入れ、ゆっくりと席を立った。

レジにはまだ列ができていた。皆、羽衣子がレジ係になるタイミングを狙っていたらしく、客席はまばらになっていた。賢右は最後尾についた。

「ありがとうございます」

間近で見る羽衣子は、非常に美しかった。どうしてこんな肌をしているんだろう、どうしてこんな唇をしているのだろう、と羽衣子の顔を構成するひとつひとつのパーツを挙げて、賢右はふしぎに思った。ふしぎに思いながら、伝票を渡した。

「六五〇円になります」

少しかすれた、甘い声が耳に届き、賢右はぼうっとした。

「六五〇円です」

羽衣子は微笑を浮かべつつ、機械的に繰り返した。

「六五〇円ね」

賢右はそう言い、財布を出した。細かいのがなかったので、千円札をキャッシュトレイに載せた。「千円お預かりします」と羽衣子はレジに打ち込んだ。札をしまい、釣り銭を数え、無言の間合いで賢右に手を出させた。その手に小銭をそっと置き、両手で賢右の手を包み、握りしめさせた。

賢右はさみしいきもちになった。こんなことをしてもらいたくて、ここに来たのではない。また、羽衣子がこのような「サービス」をしていることも、ひどくさみしかった。

「これ」

ちいさな紙袋をレジ台に置いた。ここに来るのはこれで最後だと思ったからだ。羽衣子に会うのもきょうが最後だろう。

なかに入ったスズランの花束に気づいた羽衣子は香りをかいだ。長い睫毛をかすかに震わせ、「いいにおい」とつぶやき、目を上げた。「どうもありがとう」と賢右にほほえみかけた。

「や、べつに」

ごちそうさんでした、と頭を下げ、賢右は店を出ようとした。

「また来てくださいね」

と声をかけられ、振り向いた。美しい瞳で見つめられ、広大無辺な砂漠に広がる夜空に浮かんだような心地がした。


「でまあ、あくる週もノコノコ出かけたわけだ」

賢右はビールからハイボールに切り替えていた。

「そりゃそうなるよね」

みえ子は依然最初のビールを舐めていた。料理はあらかた片付けた。

「なんとかのひとつ覚えでスズランも買って行ったわけだ」

「なるほど、なるほど」

「そして、前の週と同じくレジでスズランを渡したならば」

賢右はここで間合いを取った。舌なめずりをしてから、口をひらいた。

「羽衣子からメモをもらったってわけさ」

「メモ？」

「電話番号が書いてあった」

賢右は大いに胸を張った。「ほー」とみえ子が口を開けているのを満足げに眺め、こんなものではない、というふうにかぶりを振った。「さらに!」と声を張り上げた。

「『すごく気になってます』と一行添《そ》えられていた」

文面の部分は女の声色《こわいろ》を使った。

「ウイちゃん、積極的」

みえ子はそう驚いたが、声の調子は棒読みに近かった。

「火事場のばか力みたいなもんだろう」

俗《ぞく》に言うひとめぼれってやつだ、と賢右は鷹揚に答えた。短髪を撫で付け、すまし顔をこしらえて、男ぶりをアピールした。顔のつくりはジャガイモだが、賢右には男としての自信がみなぎっていた。大学進学、そして就職、どちらも「男らしさ」のおかげで上々の代物《しろもの》を手に入れた。羽衣子が賢右にひと目でぞっこんになったのも、もちろん、「男らしさ」のおかげだと思う。

羽衣子の周りには、おれのように誠実で、しかも、ものの道理の分かった、頼りがいのある男はいなかったのだろう。思い起こせば、履物屋の裏の草むらで、ちいさな穴に指を入れたあの女の子も、おれの「男らしさ」に痺《しび》れたのだ。吸い込まれ、そのなかで遊泳できそうなほど広い夜空を瞳にたたえる女は、おれのような男に弱い。

賢右はそう結論した。

そういう女は、自分を思いきり服従させてくれる強いだれかを欲しているのだ。ひとりではものを考えることも、なにかを決めることもできないから、引っ張っていってくれる、太く、大きな存在のだれかが必要なのだ。

「……それからは、まあ、なんだ。羽衣子に押し切られたようなもんだよ」

賢右の言葉にみえ子は深くうなずいた。独り言のように言った。

「ウイちゃんは、賢右さんのお嫁さんになりたかったんだねぇ。どうしても賢右さんがよかったんだねぇ」

そういうことだ、というふうに賢右は顎を引いた。

「嫁にもらってやったわけだ」

と威張ってみせた。

「ウイちゃんはしあわせ者だ」

あはは、とみえ子が笑い声を立てた。いつものような底の抜けた大笑いではなかった。

そこに賢右はみえ子の複雑な心情を読んだ。自分には決して訪れない「女のしあわせ」に思いを馳せ、それを摑んだ友人をうらやみ、嫉妬しているのだろう。

「どんな家にも、ひとつやふたつ、問題はあるさ」

みえ子のこころをやすらげようとそう言った。正平といずみの顔が浮かんだ。どちらも「問題」は「問題」だが、そう大きなものではない。このところ、そう思うようになっていた。みえ子と話すようになってから、ふたりにたいするきもちが落ち着いてきたのだった。

みえ子に言わせると、正平もいずみも「ブキッチョさん」らしい。自分のきもちをあらわすのが下手なのだそうだ。そして賢右は「ブキッチョさんの親分」。「ほんとは家族思いのやさしいおとうさんなのに、照れちゃって、うまく言えないんだよね」と「理解」され、まったくその通りだ、と賢右は思った。

「我が家の大きな問題は」

賢右は少し考え、

「言いたかないが、孝史だった」

と羽衣子の弟の名を挙げた。自然と苦い顔になった。

「……タカちゃん」

「知ってるんだ。そうだよな。幼なじみだもんな」

みえ子のつぶやきにとりあえず反応したが、賢右はなにか、ちょっと、引っかかった。もうすぐ思い出せそうだったが、ひとまず保留した。「孝史についてはおまえさんのほうがよく知っているかもしれないが」と前置きし、言った。

「あいつはどうしようもないクズだった。正直、亡くなったときはほっとしたよ。ああ、これでようやく荷物を下ろせた、と思ったね。おれより付き合いの長かった羽衣子はさぞたいへんだっただろうよ」

隣のベッドで寝息を立てる羽衣子の背中に目をやった。髪が割れているので、首の後ろのちいさな丸い骨が覗いている。オレンジ色の淡い灯りがかすかに影をつけていた。

みえ子と居酒屋を出て、時間差で家に帰った。バスに乗り込んだときから、後ろめたさがチクチクと賢右の胸を刺した。これは断じて浮気ではない。何度もそう思ったものの、チクチクはおさまらなかった。

話をするだけなら、みえ子とのほうが愉快だった。なにしろ人間同士の付き合いだ。自分を引っ張っていってくれる男に身を委《ゆだ》ねるきりの女とは一生かかっても結べない関係である。

だからと言って、賢右はみえ子を妻にしたいとは思いもしなかった。それとこれとは別の話だ。ないものねだりってやつかな、と自嘲《じちょう》する。

ふと、居酒屋で引っかかった「なにか」を思い出した。みえ子は孝史をよく知っているようすだった。なのに葬式には来なかった。羽衣子は、みえ子に連絡しなかったのだろうか。

そんなことはないはずだ。「幼なじみのみえちゃん」とは、今でも付き合いがつづいていて、年に一度か、二年に一度は顔を合わせると言っていた。

賢右は、ずり下がっていたふとんを引っ張り、そっと羽衣子の肩にかけてやった。かたちのいい鼻と、花びらみたいな唇から寝息が聞こえる。静かな、静かな、寝息である。羽衣子は寝ているときでもおとなしい。

賢右の赤っ玉がゆっくりと上がった。

自分たちの結婚式にみえ子が出席できなかったのは、ほんとうに、みえ子が盲腸になったからなのだろうか。そんなかすかな疑いが頭をもたげた。

羽衣子はちょこちょことちいさな嘘をつく。そんな思いが賢右の胸をよぎった。あのときもこのときも、と例を挙げて思ったのではなく、おおまかな印象として、賢右の胸を過ぎた。

いずみ

風呂から上がり、パジャマに着替え、みえ子の部屋に行った。コンビニで買ったスパークリングワインのベビーボトルを二本携《たずさ》えている。

「今夜は寝かせませんよ」

いずみはふとんにあぐらをかいた。

「オオット、なんかいいことあったのかな?」

横になっていたみえ子も起き上がって、あぐらをかく。

「まーいわゆる急展開ですね」

きのうのわたしの心理状態が底だとしたら、といずみは指先で空に下降線をかいた。終点から上昇線に切り替える。

「きょうはグンと上向いているという」

「V字回復だネ」

「おっしゃる通り」


きのうは最低の気分だった。みえ子とふたりのガールズトークの空気も重く湿《しめ》った。事件が起こったのだった。今週一番の事件だった。いずみの恋路に重大な影響を与えかねない。

いずみはバイト時間を終え、カウンターで蕎麦茶を飲んでいたら、トシコに声をかけられた。

「ねえ、これからちょっと付き合ってくんない？」

トシコはカウンターのなかにいた。「店のひと」という顔をしている。もっとはっきり言うと「若おかみ」面《づら》をしていた。頼まれもしないのに手伝いにやってくるトシコは、普段、いずみを早く帰そうとする。早く二代目とふたりきりになりたいのだ。

いずみは笑いながらも、含みを持たせた。トシコは奥にいる二代目をチラと見て、「作戦会議」とほぼ唇の動きだけで答えた。

「まつおか」から少し離れた喫茶店に連れて行かれた。トシコはコートを脱ぎながら、ウエイトレスに指を二本立て「コーヒーふたつ」と注文したあと、「コーヒーでよかったっけ？」といずみに確認した。

「いずみちゃん、大晦日《おおみそか》も出てくれたんだって？　ありがとね。あたしも手伝いたかったんだけど、大晦日はいろいろあって……。これでも主婦だから」

ひと月以上前のことを持ち出し、筋合いでもないのに礼を言い、必要のない言い訳をした。

「トシコさん、すっかり若おかみって感じですね」

冗談めかしていずみが言ったら、トシコは、

「えっ、あたしが？」

と目を丸くして、くるりんと動かしてみせた。「やんなっちゃうなー」と天井を仰いでから、テーブルのはしに指を揃えた両手をちょんと乗せ、「失礼しました」と謝った。

「なんだかねえ、身内って気がしちゃって。ほら、どっかこう頼りないじゃない？　浩一《こういち》さんも、おばあちゃんも」

と鼻の付け根に皺を寄せた。トシコは二代目を名前で呼び、おかみさんを「おばあちゃん」と呼ぶ。ご近所付き合いの長さからすると、ごく自然な呼び方なのだが、いずみは前から気になっていた。やはりトシコは「まつおか」にご近所感覚のみならず、身内感覚まで持っていたのだ。

コーヒーがきて、ひと口ずつ啜ってからが本番だった。

トシコは膝に手を置き、背筋を伸ばした。

「折り入って頼みたいことがあって」

肩までの長さの茶色っぽい髪を揺すってから、

「応援してくれないかなあ、と思って」

と肩を上下させて息を吐いた。

「わたしが？　なにをですか？」

いずみは面食らった顔つきでトシコに訊ねた。「意地悪なんだから」という目つきでトシコはいずみを軽く睨んだ。

「あたしたちのこと」

「それはつまり？」

「もーいずみちゃんたら。分かってるくせに」

「確認しといたほうがいいかな、と」

口元だけで笑った。余裕のあるふうをしていたが、脇の下には汗をかいていた。焦りが胸のうちをかき回していた。トシコが動き出した。二代目の外堀を埋めようとしている。いずみを味方につけたら、次はおかみさんをトシコ陣営に引きずり込む気でいるにちがいない。

「……映画には行ったんだよね。何度も誘ってようやっと」

トシコは派手な目鼻立ちの顔をしょぼくれさせ、放るように言った。

「ごはんも食べたんだけど、会話がちっとも弾まなくて。なに訊いても『そうだなあ』とか『そうかもしれないなあ』しか返ってこなくてさ。少し長くつづいたのは、おばあちゃんやいずみちゃんの話だけ。あと、蕎麦ね。粉だの返しだの？　そういう話。まつおかの周りの話題じゃないと乗ってこないわけよ」

それでもいいんだけどさあ、とトシコは深いため息をついた。皿に置いたちいさなスプーンを手に取り、もてあそんだ。

「そういうとこ、色っぽいし」

うん、色っぽいんだよな、とトシコは視線を斜め下にした。黒目がわずかにうるんでいた。はあっ、と、再度ねっとりとした息を吐いた。体温が伝わってくるような吐息だった。いずみは、トシコの下着のにおいを嗅いだ気がした。洗う前の下着だ。

「あー、なんとかしたいなあ」

トシコはソファの背に上体をもたせかけ、伸びをした。Y字のかたちになったトシコをいずみは黙って見ていた。衣服越しだが、トシコの両脇と、またのあいだに、ぼうぼうと生えた黒いものが見えたように感じた。

その夜、みえ子に報告した。

「で、イズミッチはなんて答えたの？」

「結局、特になにも」

「グッジョブ。うっかり応援するようなこと言っちゃったら、のちのち面倒だから」

「……でも」

別れ際に「よろしくお願いします」と頭を下げられ、「あ、どうも」とは言ったのだった。

「んー、それはトシコサイドからすれば、応援要請を快諾《かいだく》したってことになりかねないね」

「なんですよね」と深く息をついたものの、トシコが取った「二代目の外堀を埋める作戦」は、ずるい手口だと思えてならなかった。ただでさえ、ご近所では二代目とトシコをカップル視する空気ができあがっている。その上いずみとおかみさんがトシコ側についたら、二代目は折れてしまうかもしれない。そのようなことを捲《まく》し立てたら、みえ子が落ち着き払った声で言った。

「トシコと映画を観に行ったとき、二代目の話題は蕎麦とおかみさんとイズミッチだけだったんでしょ? ここ、けっこう大事だよ。二代目の三大関心事のひとつにイズミッチが入ってるんだから。しかも残りふたつは蕎麦とおかみさん。すごくない?」

「うん、まあ、それは……」

トシコの愚痴に自分が出てきたとき、いずみはまず単純に驚いた。同時に単純に喜んだ。でも。

「二代目なりに気を遣って、トシコとの共通の知り合いを話題にしただけかもしれないし」

「そうかナー。イズミッチは相当、二代目のこころに食い込んでいるような気がするんだけど」

「そうですかねえ……」

いくぶん、きもちが軽くなった。望みがつながった、と思えた。だが、頭のどこかで、非モテのブス同士で話し合っても、らちがあかないだろうと考えていた。みえ子に懐《ふところ》の深さは感じているものの、こと恋愛の実践にかんしては、トシコのほうが一枚上だ。外堀を埋めるだけでなく、トシコは二代目を何度もデイトに誘っている。ゴリ押しが功を奏するタイプだと踏んでいるのだと思う。夜な夜なみえ子とあてもないこうでもない、と話し合い、慰められ、励まされ、それですっかり満足し、なにひとつ行動を起こさない自分とはちがうのだ。負けて当然かもしれない――。

きょう、バイトが退けて、駅まで歩いて行く途中、後ろから名前を呼ばれた。振り向くと、黒いダウンジャケットを引っ掛けた二代目が追いかけてきていた。

「足、速いな」

ほんの少し息を切らした二代目は、浅く笑んだ。いずみは忘れ物でもしたのかと思った。それを二代目が届けにきてくれたのだろうと。

「すみません」

いずみが謝ると、「いや、いいんだ」と二代目は頭を軽く横に振った。いずみが二代目の次の言葉をなんとなく待った。だが、二代目はなかなか口をひらかなかった。

こうして、店の外で、ふたりで向き合うのは初めてだった。

二代目は、身長はいずみと同じくらいだったが、いずみよりも華奢《きゃしゃ》なからだつきをしている。いずみは自分が実際以上にばかでかい女になった気がした。居心地がわるくなり、トートバッグを探りながら訊ねた。

「わたし、なにか忘れましたか？」

「いや」

二代目はひとつ間を置き、

「今度、寄席《よせ》でも行かないか？」

と言った。

「ほら、いつだったか、行ってみたいっていってたじゃないか。休みの日になにしてたって話になって、おれがひとりで寄席行ったたっていったら」

割合早口でそうつづけ、

「覚えてないか？」

と訊いた。

「えっ、いいんですか？」

いずみは、顎を引き、目を見ひらいてみせた。

「と、このようにですね、わたしは咄嗟《とっさ》の判断で『無邪気な感じ』を出そうとしたんですよ」

「ほほー、けっこう冷静」

みえ子が言うと、いずみはかぶりを振った。

「そういうんじゃないと思うんですよね。むしろ逆かな、と。テンパったあまり、封印していたわたしの女くさい部分が解き放たれたような」

「なるほど」

「あと、わたし、なんか、そのとき、頭が超速く回っちゃってですね。普段なら『あ、もちろんおかみさんも一緒ですよね』って言うところなんですけど、言っちゃいけない、とこれもまた咄嗟に思いまして」

「うんうん」

「したら、二代目が『じゃ、今度の休み』って、きびすを返したと思ったらまた返し、『て、明日だよな』って笑ったんですよ」

「二代目ったらうっかりさん」

「うっかりさんなんですよねー。で、店に戻ろうとして、またまたきびすを返しかけ、横顔でもって、『明日の昼ごろ、電話するから』って」

「きびす返し過ぎだよねー」

「返し過ぎなんですよー」

いずみは畳に置いていたスパークリングワインのベビーボトルを手に取った。親指でコルクの栓を抜く。ポン！　と音が立ち、細い煙が上がった。みえ子に渡し、自分のぶんの栓も抜く。「乾杯」とふたりで声を合わせ、ラッパ飲みした。折しも明日はバレンタインデー。「うっかりさん」の二代目はきっと気づいていないだろうけど。

自室に引き上げたときには、午前二時を回っていた。

ベッドに入ったものの、いずみの目は冴えていた。

豆電球だけつけた部屋をぐるりと見回す。ベビーピンクの小花模様の壁紙。白い天井。照明はこぶりのシャンデリア。たっぷりとドレープを寄せたカーテンは象牙《ぞうげ》色。作り付けの本棚があり、木枠も棚板も、ベッドと同じ濃い茶色だった。枕カバーとベッドカバーはグレイッシュなピンク。シーツにはそれより少し薄いピンク色のボーダーに小花が散ったデザイン。

すべて、こどものころから変わらない。カバー類は何度か取り替えた。同じブランドの同じものだったので、変化はなかった。ウイちゃんの好みだった。いずみの部屋だけでなく、正平の部屋も、リビングも、キッチンも、ウイちゃんの嗜好《しこう》で家具やファブリックが選ばれた。そうケンスケから聞いている。

「この家は、おかあさんの家なんだ」

ときどきケンスケは上機嫌で言う。家も、土地も、家具も、ファブリックも自分の稼ぎで賄《まかな》いながら、妻の好きにさせていることを、ケンスケはすごく気に入っている。妻の好きにさせていられることが、ケンスケの大きな自慢なのだ。

いずみは自分の部屋にいると、息苦しくなった。この女の子らしい部屋に自分は似合わない。容姿への劣等感が静かに刺激される。濃い眉、厚いまぶた、みみず腫《ば》れみたいな細い目、加えていかついからだつき。

部屋にいて、ウイちゃんの選んだものに囲まれていると、ふっと、自分の見てくれを忘れてしまうときがある。ウイちゃんみたいな綺麗な女の子に成長したような錯覚が起きる。もちろん、すぐに我に返る。一瞬、自分を見失ったことが恥ずかしくてならない。改めて部屋を見渡すと、辱《はずかし》めを受けたきもちになる。

インテリアを変えようと思ったことは何度もあった。家具や壁紙は変えられないけれど、ファブリックは変えられる。いずみは自分の部屋からピンク色を一掃《いっそう》したかった。そうしなかったのは、いずみの誇り高さによる。もしくは、自意識過剰だ。そんなことをしたら、自分が容姿に劣等感を持っていると家族に知られてしまう。いずみは家族バレするのが、なによりいやだ。

もともと、いずみの容姿が残念だと気づいたのは、本人よりも家族――というより両親――のほうが早かった。美貌については早々に諦めたようである。

いずみには忘れられないシーンがあった。いずみはこどものころ、ウイちゃんの好みにより、ヒラヒラフリフリのお洋服を着せられていた。お姫さまになったようで、そういうお洋服を着るのはいずみも大好きだった。ところが、ある日、ヒラヒラフリフリのお洋服を着てはしゃぐいずみを見て、ケンスケが「そんな恰好はするな！」とキレた。いずみの記憶ちがいでなければ、ケンスケは「見ているだけで胸くそ悪くなる」とつづけた。

ケンスケは単純に見ていられなかったのだと思う。妻ではなく自分に似てしまった娘を不憫《ふびん》に思うきもちが混ざり合って、怒鳴りつけたにちがいない。それにしても酷《ひど》い、というのがいずみの感想である。「ごめんなさい」とケンスケに謝ったウイちゃんも酷い。そこは闘うところではないか。

ウイちゃんは、すぐにいずみを着替えさせた。理由なく叱られて泣くいずみに、ウイちゃんはやはり謝った。それは「あんなおとうさんでごめんなさいね」という意の謝罪ではなく、「そんな顔に産んでしまってごめんなさいね」だといずみは思っている。ウイちゃんのせいじゃないのに。

以降、ケンスケは、せめて中味だけでも女らしくなってほしい、といずみに望んだようだった。ケンスケの考える「女らしさ」は、ウイちゃんがモデルだ。男に従順で、家のなかのことにしか意見を持たない「可愛い」女である。ケンスケ的にはそういう女が最上なのだ。成績が優秀であるとか、弁が立つのは、ケンスケの考える「女らしさ」には不要だった。というよりむしろ邪魔。意志を持っていることすら、ケンスケにかかれば「女らしさ」をそこなう原因になるようだ。

「女らしく」ないいずみと、「男らしく」ない正平。ケンスケは、おそらく二回連続でババを引いたきもちだろう。さぞ無念であろう、といずみはケンスケの心中を皮肉たっぷりに察する。

いずみ自身も少しばかり無念だった。ケンスケ的な「女らしさ」が欲しかったわけではない。似合わない容姿に生まれたことが悔しいのである。一般的に女の子らしいと言われる仕草も身振りもファッションも似合わない。つまり、めそめそ泣くことも、「きゃあ」と驚くことも、パステルカラーのミニワンピも似合わないということだ。

そうしたいわけではないし、そういう洋服を着たいわけではない。似合わないということ、あらかじめ制限がかかるということ、というか、自制せざるをえない感じが、悔しいのである。つねにちょっとだけ我慢しているような気がする。

いずみが自室のインテリアを変えなかったのは、もうひとつ理由があった。たとえ変えても、この家にいるかぎり、結局、ウイちゃんの選んだものに囲まれるからである。家にいると、外にいるときよりも、「ちょっとだけ我慢」の目盛りが上がる。

バイトを始めた目的は、独り暮らしをするための資金稼ぎだった。あと二年だけ辛抱して、就職したら、家を出ようと思っている。今すぐにでも独り立ちできる貯金はできただが、これから就活だなんだと忙しくなる。バイトに出られる日も少なくなるだろう。月々の収入を安定させてから独り暮らしをしたほうがよい、といずみは考えた。

つらつらと考えていたら、眠気がさした。眠りかけたそのとき、いずみはがばと起き上がった。

二代目との約束が、ほんとうにデイトなのかどうか分からないではないか。もしかしたら、おかみさんも参加するかもしれない。ないとは思うがトシコにも声をかけていることも考えられる。だとしたら、単に「まつおか」慰安会だ。

いや、といずみは胸のうちでかぶりを振った。それはない。

二代目のようすはたしかにいずみをデイトに誘っているようだったし、路肩での立ち話ではあったが、ふたりの会話には、デイトの約束をしたという雰囲気がふっくらと漂っていた。少なくとも、いずみはそう感じた。

だが、あんまり自信がなかった。なにしろ、デイトを申し込まれたのは生まれて初めてである。たとえふたりきりで寄席に行っても、それがデイトになるのかどうか、分からなかった。自分だけがデイトだと思っているのではないだろうか。デイトだと思っていいのだろうか。

何十回目かの寝返りを打ち、うっすらと汗ばんだ枕を返す。いずみの胸に新たな疑問が生まれた。

二代目はあたしのことが好きなのだろうか。だとしたらどこが？　それはいつから？　このまま付き合うと思っていいのだろうか。そうなったら、トシコには二代目から報告してほしい、っていうか、明日、ううん、もうきょうだけど、寄席に行くのはふたりきりなんだよね？　デイトなんだよね？　そう思っていいんだよね？　と最初に戻った。

だあっ、と声にならない唸《うな》りを上げ、いずみはふとんをはねのけた。枕元に置いてあった携帯を手に取ってたしかめる。もう六時近かった。

　いずみの指が携帯の電話帳を呼び出した。二代目の電話番号を勝手に選ぶ。早朝過ぎない？　と異を唱えるもうひとりのいずみ——やや冷静——を相手にせず、指は二代目に電話をかけた。

「……はい」

　そう待たずに二代目が電話に出る。寝ぼけた声だ。ちょっと色っぽい。

「あの」

「早いな」

「すみません」

「いいけど」

　無言のいずみに二代目が話しかける。

「どうした？」

　唾を飲み込むきりで、押し黙ったままのいずみに二代目がまた話しかける。

「いずみ？　どうした」

　どうしたんだよ、とかすかに笑う。特別な感情が漏れ出た声であり、笑い方だといずみは思う。特別な間柄になろうとしているふたりのあいだにしか流れない空気を確かに感じる。こんなに感じる。

「眠れないんです」

「そうか」

「あの、眠れないんです、あたし」

「うん」

「デイトなんですよね？」

「うん？」

「きょう。寄席。ふたりで行くんですよね」

「うん」

「すっ」

「す？」

寿司食いたいのか？　と二代目が温かな、幾分湿った声で訊ねる。

「あ、いえ、好きですか？」

「好きだよ」

ヅケと穴子、と答える二代目の声にいずみの声がかぶさる。じゃなくて。

「あたしのこと、好きですか？」

二代目が沈黙した。

「……あたしは」

日付が変わったから、もうバレンタインデーだ。冗談めかしてチョコレートを贈るのが精一杯のはずだった。告白なんてできっこないと思っていた。でも、いまなら言える。思いの丈《たけ》を打ち明けられる。

「いずみ」

「あたしは、あたしはですね」と言いかけたら、名を呼ばれた。

はい、といずみはとてもちいさな声で返事をした。

「それ、夜まで待てないか？」

「すみません」

「別に謝らなくていいけど」

「待てないって気持ちでいっぱいです」

「でも、待て」

二代目は語尾に微笑を含ませて、今夜七時に伊勢丹《いせたん》の前で、と告げた。


だめだ、眠れない。ふとんを頭までかぶり、いずみは身もだえている。きょう、人生初のデイトで、人生初の告白を受ける。眠れるはずがない。

今すぐ、みえ子に報告したかった。二代目に、こんなに素直に自分のきもちをぶつけることができたのは、みえ子のおかげだと思う。みえ子とガールズトークをするようになってから、自分がどんどん変わっていく感じがいずみにはしていた。似合わないから無理だと諦めていた、今とはちがう自分自身になれそうな気がする。なってもいいんだ、なれるんだ、ていうか、自然となってしまうんだ、とみえ子が教えてくれたような気がした。

マッチョで単細胞で見境なくキレるケンスケをおおらかなきもちで見られるようになったのも、みえ子のおかげだ。

「あのくらいのトシになると、もう自分を変えられないんだよね。変えるチャンスはいくらでもあったと思うんだけど、変えなかったんだねえ……。でも、悪人じゃないよね。それですべてが許されるわけじゃないけど、ブキッチョさんてことで、なんか言われても『あーまた言っている』ってくらいの感じで」

そんなことを、みえ子はかたちを変え、繰り返しいずみに伝えた。ケンスケだけでなく、みえ子は、他人を悪く言わない。温かなまなざしで見ようとする。真にこころのゆたかなひとだと、いずみは思う。最初に会ったとき、自分のほうがましだと思ったことが恥ずかしくなる。ウイちゃんとは正反対だ。ウイちゃんは、つねに、いずみをちょっとだけ辱めつづける。ちょっとだけ我慢させる。

いくらみえ子が誉めても、いずみはウイちゃんを広いこころで見られなかった。むしろ、みえ子と比較することで、いずみが以前から眉をひそめていたウイちゃんのあらが鮮明になっていった。ケンスケ的な「女らしさ」に寄りかかっているウイちゃん。家のなかが世界のすべてのウイちゃん。秘密主義のウイちゃん。過去は決して語ろうとしない。今いる家が世界のすべてなのだから、その前に住んでいた世界は切り捨てた。薄情なウイちゃん。きっと、そうだ。

いずみは部屋のなかを再度見回した。

ただ、綺麗なだけ、という言葉が胸に浮かんだ。

あの日で見つめられたら、星のまたたく夜空に浮かんだような心地になる。でも、それはみえ子を知るまでのこと。ウイちゃんのマジックはもうわたしには通用しない。

目を閉じたら、とても女らしいきもちになった。ケンスケ的な女らしさではなく、からだの奥で、繊細な尾びれを持つやさしい魚がゆっくりと泳ぎ出したようである。

この感覚には覚えがあった。いずみは最初の記憶を思い出した。みえ子の部屋で、男のひととダンスしたときも、いずみはそんなきもちになった。

あのとき、わたしと踊ってくれたあのひとは、だれだったのだろう。そう思いながら、眠りに落ちた。

羽衣子

通信制の高校に進学した。

週に一度の通学で済むからだ。定時制は毎日登校しなければならない。羽衣子は学校という場所が好きではなかった。それに、働かなければならなかった。

みえ子の親からは引きつづき援助を受けていた。高校に進学するときは少し気が引けた。費用の安い公立にしようとしたのだが、あまりよい評判は聞かない、とみえ子の親に私立を勧められ、その通りにしたのだった。

孝史の学費を出してもらっているのも、羽衣子は少し気が引けた。みえ子の親は、「なあに、ひとりもふたりもおんなじだ、姉弟まとめて面倒みさせてもらうよ」と太っ腹なところを見せて笑っていた。その笑顔をすぐに引っ込め、いかにも深刻な顔つきで「……ウイちゃんもたいへんだねえ」とか、「苦労するねえ」とか、そういうことを言った。

月に一度、みえ子の家に「学費」を受け取りに行った。羽衣子ひとりで行った。母は一日中寝ているようになっていた。みえ子の親から援助を受けることになったと報告したときから、まったく仕事に行かなくなった。体調も悪いようだった。寝返りを打つのも、「お水」と言うのも、ひどくゆっくりだった。食も進まず、痩せていった。羽衣子がおかゆを運んでも、二口、三口で首を振った。

孝史はみえ子の親に「恵んでもらっている」状態を嫌っていた。「募金されなくても、立派にやっていける」と息巻いていた。孝史は「施《ほどこ》しを受けなくても」と言いたかったようだった。

親子三人の生活は、みえ子の家からの援助に頼っていた。学費と称し、月々十二万、もらっていた。入学金などの特別な支出のある場合は、その都度、もらった。

「どうせ募金するなら、もっとくれればいいのに」と孝史は文句を言っていた。「おまえの親はどけちだ」とみえ子にも悪態をついた。欲しいものができたり、仲間におごっていい顔をしたいときには、みえ子に金をせびっていた。「明日から学校に行くから」または「高校に進学するから」と約束して、みえ子に金を出させたようだ。

孝史は学校にほとんど行かなくなっていた。街なかをぶらついたり、仲間とあそんだりしていた。羽衣子が付き合っていた不良グループのリーダーにあこがれ、彼の周りをうろつくだけだったのだが、ようやく仲間に入れたのだった。

リーダーは、羽衣子と付き合っているあいだは、羽衣子も孝史も悪い仲間に近づけさせないようにしていた。彼なりに姉弟を大事にしていた。羽衣子と別れたのは、彼がほんの浮気心で手を出した女の子にこどもができたからである。男として責任は取らなければならないと考えた彼は、彼女と結婚した。羽衣子には手をついて謝った。

「そんなに謝らなくてもいいのに」

羽衣子にそう言われた彼は、「せめてもの罪滅ぼしに孝史の面倒はみさせてもらう」と宣言した。罪を償うつもりなら、今まで通り孝史を放っておいてくれればいいのに、と羽衣子は思ったが、口にしなかった。

孝史のどうしようもなさは、不良の仲間に入っても、入らなくても、変わらないだろう。どこに行っても、どこまでも、あの子は、きっと、どうしようもないままだ。だとしたら、力を持つ者が目をかけてくれる集団に入ったほうがいいかもしれない。

日中は、コンビニでバイトした。こっそり持ち帰った廃棄《はいき》処分の弁当を食べながら、教科書をひらいた。折り畳み式のちいさなテーブルに向かい、レポートを書いたりした。そばで母が寝ていた。母は狭い部屋のほぼ中央で寝ていた。お日さまにあたったほうがいいと羽衣子が考えたからだった。窓の近くよりも少し離れたところのほうが、穏やかな日差しを浴びることができると思った。またいだ。ごく自然にそうしていた。母は薄いふとんにくるまっていた。暗所に転がした青いみかんのような顔色をしていた。ものが腐っていくにおいがした。日によって、薄くなったり、濃くなったりした。

初めてバイト代をもらった日、羽衣子はみえ子をアパートに呼んだ。

みえ子と会うのは月に一度になっていた。みえ子の親から「学費」を受け取り、みえ子の部屋でしばらく過ごした。進学校に通っていたみえ子の机には、参考書がずらりと並んでいた。厚いのも薄いのもあった。作り付けの書棚にも、隙間《すきま》なく本がおさめられていた。やはり、厚いのも薄いのもあった。

お茶を飲み、お菓子を食べながら、羽衣子はみえ子から孝史の行状を聞いた。無言で頭を下げると、「いいの、いいの、みえ子のお小遣いの範囲だから」とみえ子は大きく両手を振った。「でも、一応、えんまちょうにはつけておくね」と舌を出した。「孝史くんはみえ子しか頼るひとがいないんだねえ……」と息を漏らすこともあれば、「孝史くんに頼まれたらイヤって言えないんだよね」とつぶやくこともあった。

「あー、なんか久しぶりだ」

部屋のなかを見回して、みえ子が言った。

「おばさん、こんばんはー」

ふとんにくるまっている母にも声をかけた。反応しない母に不安を感じたらしく、首をかしげた。手のひらを母の鼻のあたりにかざし、羽衣子を振り向き、「よかったぁ。息してる」と言った。

「少ないけど」

羽衣子はテーブルにちいさなティッシュの包みを載せ、みえ子のほうにすべらせた。五千円、包んでいた。

「これから、毎月……」

言いかけたら、みえ子は肩を揺らして笑った。

「やだ、ウイちゃん、水くさい」

「でも……」

「あ。もしかして、えんまちょうのこと気にしてる？　あれはね、あたしの趣味だよ。単なる趣味。気にすんなって」

そう言いながら、みえ子はピンク色のノートをバッグから出し、えんまちょうの表紙を羽衣子に見せた。

「これはウイちゃんとあたしの交換日記みたいなもの」

パラパラとページをめくってから、ノートをバッグにしまった。代わりに紙片を取り出し、羽衣子の前に置いた。

「どうかなあと思って。一回こっきりみたいだし」

テーブルに両肘をつき、頰を包んだ。紙片は雑誌の切り抜きだった。ステレオカセットプレイヤーのＣＭに出演する女の子を三名募集していた。賞金は三十万。

「このあいだのは、ウイちゃん、バックレちゃったしさぁ」

タレントオーディションの一件をみえ子は持ち出した。本選まで進んだのに、当日、羽衣子がすっぽかした件である。

「なんでもない振りをしていましたが、内心、あたしはがっかりでしたよ」

テーブルについていた肘を外し、みえ子はガクッとうなだれてみせた。

「あたしはねえ、一生に一度でいいから、テレビに出てるウイちゃんを観たいんだ。ウイちゃんがどんなに綺麗な女の子か、日本中のみんなに知らしめたいんだよ」

　それが、と羽衣子をじっと見た。

「あたしとウイちゃんの最初の約束だったよね？」

「そう？」

　羽衣子は首をかしげた。ちょっとちがうような気がした。

　みえ子と交わした「最初の約束」は羽衣子がタレントオーディションで優勝し、その賞金をみえ子に渡すことだったはずだ。それで借金を返済すると。その後、みえ子が折にふれ口にしていた「最初の約束」も、要は借金返済を意味していた。

「ていうか、すでに応募してたりするんだよね」

　あ、と羽衣子は口に手をあてた。孝史が羽衣子の写真を撮りたがったことを思い出した。まだ珍しかった使い捨てカメラを得意気に構え、「ねーちゃんのファンに売りつけてやるんだ」と冗談とも本気ともつかない軽口をきいていた。あれを応募書類用の写真に使ったのだろう。

「そして、実は書類審査を通っているのでした」

　今度はバックレないでよね、とみえ子は念を押し、またバッグをごそごそやった。主催者から郵送された書類をテーブルに載せた。

「ウイちゃんは、あたしん家に下宿してるってことになってるから」

そうだ、そうだ、とみえ子は財布から一万円を抜き出し、四つ折りにして羽衣子に渡そうとした。

「美容室くらい行っといてくれないかな」

「それくらいは……」

「だって、応募しちゃったのはあたしだし。あたしのワガママだし」

「でも、わたしもバイトしてるし」

「だいじょぶ。えんまちょうにはつけといたから」

ウイちゃんは全然気にすることないんだから、とみえ子は笑った。「こういう髪型がイイと思う」と手帳の白いページにイラストを描き始めた。厚く下ろした前髪を真んなかで分けたショートボブ。「でネ、横の髪は耳にかけるの」とみえ子は照れ笑いを浮かべた。

羽衣子のトンボが翅を広げた。それまでは襟足に留まり、おとなしくしていたのに。

ステレオカセットプレイヤーのCM撮影は七月におこなわれた。場所はオフィス街にある公園だった。羽衣子はディレクターの指示通り動いた。顎をそらせと言われればそらし、ゆっくりと振り向いてカメラを見て、と言われればそうした。

羽衣子のトンボは襟足より少し高いところでホバリングをつづけていた。

みえ子のどうしようもなさを解消するために、こうしているような気がした。そう思うと、羽衣子のどうしようもなさの嵩《かさ》が増した。

顔を傾《かたむ》けると、髪の毛がさらさらと流れた。みえ子の提案した髪型にしていた。CMに出演することも含め、羽衣子がみえ子の要望を断れなかったのは、ひとつにえんまちょうの存在があった。

交換日記とみえ子が言ったとき、腑《ふ》に落ちた。みえ子の持っているものと、羽衣子の持っているものを交換した記録なのだ。それが、たぶん、わたしたちの最初の約束なのだろう。

みえ子の持ち出しのほうが多いと思える。羽衣子は、まだ、自分の持っているものをほとんどみえ子に差し出していない。

孝史の顔が頭に浮かんだ。孝史の顔のつくりは羽衣子によく似ている。愚《おろ》かしさと卑《いや》しさが、少々のゆるみをもたらしているものの、端整は端整だ。

CM出演者の最終審査に残ったとき、ふと思いついてみえ子に言った。

「孝史も、なにかのコンクールに、こっそり応募してみようか？」

目立ちたがり屋の孝史なら、喜んで応じるはずだ。今回も、思えば前回のタレントオーディションのときも、自分のことのように張り切っていた。書類を書くという行為が苦でなかったら、きっと、自ら応募しただろう。

「孝史くんはダメ」

みえ子は即答した。大きな声だったし、顔の前で手を振る身振りも大きかった。「ダメダメダメ」と繰り返したあと、「無理だって」と言い直した。

「なぁんにもできないんじゃない？」

勢いよく噴き出した。「あー可笑しい」と身をよじって、ばか笑いをつづけた。

ああ、そうか。

羽衣子は速やかに納得した。みえ子は孝史を自分だけのものにしておきたいんだ。孝史がどんなに綺麗な男の子なのか、できれば、だれにも教えたくないんだ。

CMが放映されたあとの喧噪《けんそう》は、あまりよく覚えていない。

バイトは辞めた。週に一度の登校日にも学校に行けなかった。日中は、みえ子の家でじっとしていた。

「あたしん家にいたほうがいいよ。書類上の住所は、だって、あたしん家なんだし。それにウイちゃん家が、けっこうなレベルのボロアパートだって分かったらイメージダウンじゃん？」

と、みえ子が提案したのだった。

「イメージダウン？」

別にいいけど、と羽衣子は思った。複数の芸能プロダクションから誘いを受けたが、すべて断っていた。タレントになる気がないのだから、イメージなど、どうでもよかった。

「イメージダウン。だって、ウイちゃんは伝説の美少女として今後長く語り継がれるんだから」

みえ子はとろけそうな視線で、どこか、遠くのほうを見ていた。白目と黒目の境界が曖昧なせいで、灰色ににごって見える部分が溶け出しそうなほど、うっとりとしたまなざしだった。そのまなざしのまま、ドレッサーの引き出しを開けた。厚い封筒を出し、羽衣子に渡した。なかにはCMオーディションの賞金が入っていた。「約束だから」と羽衣子がみえ子に差し出したものだった。「バイト辞めちゃったんだから、困るでしょ」とみえ子はやさしく微笑した。

「学費」を受け取りに行ったときに、眺めるだけだった食卓で食事をした。みえ子の家の食卓は、三人家族のわりには大きかった。分厚くて、つやがあり、木目が美しかった。ひと目で高級なものだと知れた。みえ子の親に訊ね、羽衣子はその食卓の材質の名を覚えた。ブラックウォールナット。リビングボードも、床も、同じ材質だった。ブラックウォールナットの無垢材。

日に一度はアパートに戻っていた。母の世話をするためだった。おかゆをつくり、青菜をゆで、魚を煮付けた。母の寝間着の着替えを手伝い、顔とからだを拭き、ペットボトルの水と、枕カバーと、シーツを取り替えた。

CMオーディションの賞金で、ふとん三点セットを買っていた。電気毛布も買ったし、カバー類も買った。ふとん三点セットとカバー類は、家族三人ぶん、買った。こどもだったころとはちがい、部屋は羽衣子が片付けていた。テーブルをたたみ、夜のあいだだけ、部屋の中央に敷いた母のふとんを少しずらせば、六畳ひと間にもふとんが三組敷けた。洗濯機も買った。アパートの前に据《す》えてある。炊飯器も買った。鍋も買った。飯碗と汁椀と皿も買った。箸とスプーンとナイフとフォークも買った。ああ、そして、電話機も買ったのだった。もちろん、電話線も開通させた。これでようやく「電話のある家の子」になれた。

羽衣子はもう少し広いアパートに住みたいと思っていた。高校を卒業して、就職したら、それが叶《かな》いそうな気がした。登校日に顔を合わせていた同期生から、技能連携制度というものを聞き、通信制でも高校卒業の資格と、簿記や看護婦なんかの一生ものの資格が同時に取れると知った。彼女と同じく、その制度を採用している高校に編入し直そうかと考えた。そうすれば、確実に、もう少し広くて、風呂付きのアパートに引っ越せる。

一日中寝ていた母だが、トイレには立った。水も飲めたし、少量ながら食事もとることができていた。孝史はあそびに行ったまま、帰ってきたり来なかったりで、頼りにならなかった。

羽衣子は、深夜近くに、みえ子の父か母の運転でアパートまで送ってもらい、あくる朝、迎えに来てもらっていた。

みえ子も同乗した。助手席に座った。ハンドルを握るのが父のときでも母のときでも、ずうっと愉しそうにお喋りしていた。みえ子の親が娘に話しかける口調は、五つ六つの幼女にたいするようだった。羽衣子に話しかけるときとはまったくちがっていた。反対に、みえ子の親にたいする口調は、普段のだらだらとした間延びしたものではなかった。

熱心なファンがつねにみえ子の家の周りに張り付いていた。数は落ち着いてきていた。そう多くなかった。

羽衣子はほっとしていた。このままひとりもいなくなればいいと思った。みえ子はそうではなかった。人数が減ったことを悔しがった。

「ウイちゃんはさあ、タレントにならなくて正解だったかもね。顔が綺麗なだけでやっていけるほど芸能界は甘くないよ」

そう言われたとき、羽衣子は、ちょっと、言い返したくなった。みえ子に見込みちがいだと言われる筋合いはない。口をつぐんだのは、これでえんまちょうの貸しがまた増えた、と思ったからだった。どんどん増えていくなあ、と襟足を撫で、他人事のように胸のうちでつぶやいた。

八月から始まったCMの放送が終わろうとしていた。十一月に入るところだった。みえ子の家にかくまってもらわなくても、もう大丈夫だろう、と羽衣子は思った。切り出すきっかけを摑めないまま、みえ子の母にアパートまで送ってもらった。いつものように、深夜近くだった。みえ子の母に分けてもらった食材の入ったレジ袋を肘にかけ、ドアの鍵を開けた。なかに入り、手探りで蛍光灯のヒモを引っ張った。

「ただいま」

母に声をかけた。返事はなかったが、珍しいことではなかった。

「今、ごはんのしたくするから」

食材を台所の床に置いた。母をまたいでカーテンをしめ、枕元のペットボトルを手に取った。母は眠っているようだった。暗所に置いた青いみかんのような顔色で、口を開けていた。母は、眠ったままのようだった。眠ったまま、固まったようだった。

救急車を呼んだ。救急隊員が死亡を確認し、警察に連絡した。発見したときのようす、通院歴など、ことこまかに訊かれた。通帳や印鑑の保管場所も訊かれたが、羽衣子は答えられなかった。羽衣子自身はバイトの給料の振り込み用に、三文判でつくった通帳もキャッシュカードも持っていたが、母がキャッシュカードを使っていたところは見たことがなかった。もちろん家族構成も訊かれた。孝史の居場所を訊ねられたが、答えられなかった。

警察官は部屋のなかもくまなく調べた。段ボールにしまっておいた母の衣類も調べられ肌着やズボンを掻き分けたら、ぺたんこになったハンドバッグが底から出てきた。がま口式になっていて、横に長い。開けてみたことは一度もなかった。なかにはなにも入っていないと思っていたのだが、警察官があらためたところ、生命保険の証券が入っていた。証券に記載された契約者は父で、被保険者は母、そして受取人は羽衣子だった。死亡保険金は二千万。いち、じゅう、ひゃく、せん、と指でゼロの数を追ってたしかめた。二千万だった。

食卓4

みえ子が遊佐家で夕食をとるのは、きょうで最後だった。

そう多くない荷物はあらかた段ボールに詰め、宅配便にてリフォームを終えたマンションに送り済みである。到着の時間指定は夜間にしていた。昼間は実家に預けた大物家具を運び入れる予定である。

いずみがバイトを切り上げ帰宅し、家族全員の顔がそろった。二月二十日、午後八時、遊佐家の夕食がスタートした。

この日の献立は、聖護院《しょうごいん》かぶらと人参の含め煮、揚げ出しタケノコ、海老と空豆の塩こうじ炒めである。食卓の真ん真ん中に置いた土鍋には鯛飯。まだ蓋をしている。昆布だしを利かせたごはんと、よく肥《こ》えた桜鯛のお頭付きが蒸されている。そしていつもの彩りゆたかなミックスピクルス。漬け物よりもカラフルで、食卓がはなやかに演出される気がして、羽衣子はピクルスを欠かさない。

「みえちゃんのリクエストで和食に」

切り子のひと口グラスに梅酒をつぎながら、羽衣子が言った。正平には同じグラスにジンジャーエールを。色が似ているから、食前酒の雰囲気が出る。

「なんかめずらしー」

いずみが料理を見渡す。

「和食は大抵朝飯だからな」

賢右が応じ、

「弁当も和食ラインだし」

と正平も会話に加わった。「唐揚げとかミートボールだけど」とつづけ、みえ子が「それってほとんど和食だよね」とうなずく。

羽衣子から梅酒を受け取り、いずみが言った。

「うちの朝ご飯って旅館っぽいよね。焼き魚と、卵焼きと、お味噌汁と、切り干し大根やひじきの煮物、みたいな。で、夜ご飯はレストランっぽい」

「日曜のお夕飯は洋食屋さんっぽくしてるでしょ?」

ハンバーグとか、カレーライスとか、海老フライとか、と羽衣子は指を折った。「ロールキャベツとか、トンカツとか、カツカレーとか……」とつぶやいている途中で賢右が声を挟んだ。

「乾杯するか!」

グラスを持って立ち上がった。

「えー、みえ子さんが我が家にやってきて四週間。なんというかその、非常にパンチの利いた『第一印象』ではありませんでしたが」

いずみが噴き出した。正平も頰をゆるめた。ふたりともうつむいていた。目と目を合わせ、おどけ顔をこしらえる。そう大仰《おおぎょう》なものではない。ほんのちょっと眉を上げたり、幾分目を見開く程度だ。

「よくしたもので、そんな『第一印象』にも慣れ」

今度はいずみも正平も喉をそらせて笑った。みえ子も「うまいこと言うね」とゲラゲラ笑っている。賢右が満足そうにうなずき、挨拶を再開する。

「ともに生活するうちに、みえ子さんの人柄を知り、今や、みえ子さんは我が家のアイドルのような存在になってしまいました」

「そんなぁ」

みえ子が両頰を手のひらで包み、イヤイヤをしながら照れてみせた。「大丈夫、リップサービスだから」「完全にお世辞だし」いずみと正平が同時にみえ子に突っ込む。

「面白可笑しく過ごしてまいりましたが、きょうで最後。みえ子さん、愉しい時間をどうもありがとう」

いずみは目と口元にやさしい笑みを浮かべていた。正平はほんの少しニヒリスティックに唇を斜めに上げていた。みえ子は感動しているようすだった。「じーん」と擬音が聞こえるような表情で、口を結んでいる。羽衣子は終始いつもの穏やかな笑みをたたえていた。グラスを持ったまま、身動きひとつしなかった。

「みえ子さんのますますのご活躍とご健康を祈念して、乾杯！」

賢右がグラスを目の高さに掲げた。早速いずみがみえ子とグラスを合わせにいく。正平はグラスをちょっと持ち上げただけだった。いずみとみえ子が「かんぱーい」と言い合うと、どうも、というように軽く頭を下げた。みえ子は羽衣子ともグラスを合わせた。ふたりともクスクス笑っただけで発声はしなかった。

「せっかくひとつ屋根の下にいたのに、ウイちゃんとあんまりお話しできなかったね」

「みえちゃん、お仕事してたし。わたしもなんだかバタバタしていて……」

また今度ゆっくり、と羽衣子はみえ子に顔を近づけ、ちいさな声で告げた。

「……だね。またあそびに来てよ」

みえ子も小声で答えた。

「あのね」

いずみがグラスを置いた。テーブルの一点を指差す。

「さっきから気になってたんだけど、それ、油揚げ？」

いずみの指の先の大皿には、炙《あぶ》った油揚げが載っていた。井の字に重ねられ、中央におろしょうがとネギが小山をつくっている。

「あ、それは……」

羽衣子が言いかけたら、

「ハイ、あたくしの手料理です」

とみえ子が手を挙げた。

「最後だからみえちゃんがなにかつくりたいって」

羽衣子は両手で口を覆《おお》い、笑い声を立てた。「なんにもお手伝いできなかったからって」と顔中を覆い、肩を震わせ、もっと笑った。「あら、みえちゃん、お料理できるのって訊いたら、まかしときって」と脇腹に手をあて、涙をぬぐう。目立たぬよう洟《はな》を啜り、「なにをつくってくれるのかしらと思ったら」とつづける。

「油揚げ焼いただけか」

羽衣子の言を賢右が引き取った。にこやかにはしていたが、羽衣子のように笑ってはいなかった。

「お醬油かけて召し上がれ。薬味もあるよ」

あと、お好みでゴマとかも、とみえ子が取り皿を配る。

「そっか、みえ子さんだったのか」

なんか感じのちがうものがあるなーと思ってたんだ、といずみが炙り油揚げをぱくついた。つづいて正平。食べた途端に「旨っ」とつぶやく。「ん、ん、ん。超美味しいんですけど」といずみがなぜか笑い出し、最後に箸を伸ばした賢右も「これ、たまに食うと旨いんだよな」と相好を崩した。

「アブラゲはね、デパートでけっこういいやつ買ったんだよね」

みえ子は威張ってみせた。

「サプライズ、大、大、成功」

羽衣子にからだを向け、両手を挙げた。「イエーイ」と声を出す。ハイタッチをしようとしているらしい。しかし、羽衣子は微笑を浮かべ、「イエーイ」と小声で返したきりだった。みえ子の挙げた両手が行き場を失う。

「イエーイ」

すかさずいずみが両手を挙げた。

「イエーイ」

みえ子がいずみとハイタッチをする。

「イエーイ」

正平とは肘と肘をぶっつけた。立ち上がって、そばまで行った。右、左と交互に。正平はそんなに乗り気ではなかったが、みえ子が身を乗り出して正平に向かって両手を挙げたら、苦笑を浮かべ、肘を突き出したのだった。

「イエーイ」

賢右は低い声を出し、みえ子に親指を立てた。みえ子も親指を立てた。ウインクし、ペコちゃんみたいに舌をちょっと出して。

「やー、『第一印象』がよみがえるなあ」

賢右が先ほどの挨拶を持ち出し、また、こどもたちを笑わせた。と、羽衣子が立ち上がった。カウンターに置いてあったミトンをはめ、土鍋の蓋を取る。湯気が上がる。薄茶色のごはんの上に、堂々たる鯛が一尾。折りたたんでいた幅の広い尾を羽衣子が起こすと、いよいよ立派に見えた。

「おー」と歓声が上がる。「まさにメデタイだ」と賢右が唸り、「言うと思った」といずみが茶々を入れた。「おやじがおやじギャグを言ってなにが悪い」と一瞬賢右は憮然《ぶぜん》とし、いずみも身構えたが、みえ子が「メデタイ飯に拍手を」と手を叩いたら、雰囲気が戻った。皆がつづいて拍手したからだ。正平も手を叩いた。手首の力を抜き、ゆっくりと。

とてもチャーミングな身振りで軽く会釈してから、羽衣子は菜箸《さいばし》で桜鯛の身をほぐし始めた。左手で鯛を押さえ、手早く、丁寧に身をはずしていく。

「アラと骨はね、焼いて、おだしをとって、お吸い物にしようと思うのよ」

「あー、みえ子もアブラゲ焼いて、おだしをとればよかった」

みえ子がふざけたら、羽衣子が手を休めずに答えた。

「炙り油揚げもコクが出るわよね。お大根と煮たりすると美味しいんじゃないかしら。お惣菜《そうざい》って感じで。あ、お大根は干しておいたほうがいいわね。短冊に切って、ごま油でさっと炒めて……」

「そういうツーステップ以上の料理ってみえ子さんらしくない感じがする」

いずみの漏らした感想を受け、正平が鼻から息を出した。腕を組み、肩を大きめに揺すり、「笑っている」というポーズをとる。

「おかあさん、今言ったやつ、今度つくってくれよ」

賢右が羽衣子に言った。賢右はとても気分がよかった。みえ子がいなくなるのはさみしいが、今夜の食卓のムードは最高だ。遊佐家始まって以来かもしれない。

「え？」

羽衣子が訊き返した。

「今言った、炙り油揚げと干した大根のさ。なんかこう洒落《しゃれ》たやつだけじゃなくて、そういうおふくろの味みたいなのも、たまにはいいじゃないか」

「え？」

羽衣子は手を止めて、賢右を見た。

第四章　最終日

正平

正平は目を上げた。それまでは、母の手元を見るとはなしに見ていた。母は鯛の骨をはずす手を止めたまま、父に視線を向けていた。いつもの微笑は浮かべていなかった。ゆっくりと顔をかたむけていってから、目を伏せた。鯛飯へと視線を戻し、表情も戻した。穏やかなほほえみをたたえ、作業を再開する。

お。正平は胸のうちでつぶやいた。にやついた口元をごまかそうと、顎を手で覆う。テーブルの下で足を組み、上にしたほうの爪先をぶらつかせた。

彼はこの状況を愉しんでいた。すこぶる和やかだった食卓の空気が一瞬だけど、一変した。母が変えた。非常に珍しいことだった。あの母が円満な空気に水をさす真似をするなんて。しかも父にたいしてだった。母は、父にたいして、いつもの微笑を引っ込めたのだ。

楯突《たてつ》いた、と見るべきだろう。母が、ずっと前から腹に抱えていたうっぷんが今まさに爆発したのだ。線香花火ほどの火花しか上がらなかったが、正平の目には、はっきりそれが見えた。

鯛のアラと骨を焼きにキッチンに行った母の後ろ姿を目玉だけで追った。母の後ろ姿は「ああ、忙しい」と言っていた。いわゆるとりつくしまのない雰囲気を発している。なるほどね。浅くうなずき、正平は父の表情を窺った。

父は困惑していた。目が若干、泳いでいた。唇もモゴモゴと動かしている。「なにかまずいことでも言ったのだろうか」とうろたえているようすなのだが、腹立たしさも垣間見えた。「その態度はなんだ」と言いたそうに頬のあたりが緊張している。

なるほど、なるほど。正平は顎を覆っていた手を少し動かし、口元を隠した。ほんのちょっとだけ聞こえよがしに鼻息を漏らしてみる。父の耳に届くかどうかギリギリの線を狙った。父は母に裏切られたと思っているに違いない。可愛がっていた飼い犬に手を嚙まれた、とか、そういう感覚でいるのだろう。

正平は忍びやかに笑った。これで、この家には、父を崇拝する者がひとりもいなくなった。いや、もともと、いなかったのだ。それが、今、明らかになった。

十七歳の彼の胸に、革命、というやや大振りな言葉が浮かんだ。下克上《げこくじょう》、政権交代、という言葉もよぎったのだが、「革命」を選んで、胸のうちに旗を立てた。

「なんか、すごくいい匂いしてきた」

キッチンの母に声をかけた。

「そう？」

うふふ、と肩をすくめて、母が応じる。「正平はこどものときからお魚が大好きなのよね」と正平を見つめて、うなずいた。

「あ。ごはん、よそおうか？」

正平は立ち上がり、しゃもじを手に取った。

「やだ、うっかりしてた」

お願いしていい？　と母が菜箸を持ったまま手を合わせる。

「お安い御用」

みえ子が父の飯碗を正平に差し出した。人数分の飯碗はすでに用意されていた。正平は
「気が利くぅ」

みえ子にちらと目をやった。

「普通だし」

父の飯碗を受け取り、ぶっきらぼうな口調で独り言を装《よそお》う。

「あ。うん、そうだよね。そうかも」

みえ子は落ち着きなく、頭やからだを動かした。しかし、その目はいかにも頼もしげに正平を見ていた。

革命が成功しつつある、と正平は実感した。むやみにゴリゴリと押すような、父タイプの「頼もしさ」はもう古い。というか、それでは見せかけの支配しかできない。こころから崇拝されないのだ。

母には飴《あめ》を、みえ子にはムチを、というのが、このところの正平が実践している手法だった。みえ子へのムチはすでに会得していたが、母には飴が有効と気づいたのは今週だった。

ふたりきりになったときの、母にすりよってこられる感じ、が正平は煩わしくてならなかった。そんな母にみすぼらしさを見た。ついみえ子にこぼしたら、みえ子は、

「んー、母親って男の子が可愛いっていうからねえ……」

と曖昧《あいまい》な笑みを浮かべた。頭のなかが痒い、というように肩や二の腕をしきりに掻いた。

「それに正平くん、綺麗だし」

そう言って正平の顔をまじまじと見た。そのとき、正平は理解した。母も、みえ子同様、正平の崇拝者だった。だから、先週はみえ子に対抗意識を燃やしたのだ。あれは自分の争奪戦だったのだ。

ようやっと、母の内側にふれた気がした。ふたりきりになったとき、正平だけに見せる態度が、母の「内側」だった。

おさないころは、母の自分に向ける微笑がほかのだれにも向けられているものと知り落胆したが、それは単に母が覆面をつけているせいだった。母は、正平とふたりきりになると、どうしても良妻賢母という覆面がずれてしまうのである。それでも母の売りは「良妻賢母」しかないので、くどくどと料理の説明をしたり、機嫌を取ろうとしたりするのだ。

「まったく（女ってやつは）」

苦笑して、正平は肩をそびやかした。父よりもうまく女を扱える自信が湧いてくる。

ただし、それは彼にすりよってくる女に限られた。正平をものの数にも入れていない姉は勘定からはずした。すりよってこない女は可愛げがない、と彼は意識下で断じていた。

彼にとって、それはもはや女ではなかった。ゆえに、現段階で、彼が女だと認定する者は母とみえ子のふたりきりである。

彼は、まだ、そのことに大きな不満を感じていなかった。母とみえ子を女だと思う自分に、少々の嫌悪感はあったが、それよりも、家のなかでの「革命」を成し遂げられそうなことのほうに昂揚《こうよう》していた。

賢右

上昇した赤っ玉がやっと下りた。それでも、まだ、賢右は驚いていた。「え？」とこちらを見た羽衣子の顔。カチンと冷たいまなざしだった。そこにはいつものように広大無辺な砂漠が横たわっていたのだが、あてどなさはなかった。羽衣子の瞳は、庇護《ひご》する者をもとめてさまよっていなかった。

なんだその顔は。反射的に賢右は怒りを覚えた。せっかく、遊佐家史上もっとも和気あいあいとした食卓だったのに、ぶちこわしやがって。しかも、その雰囲気はおまえの手柄じゃない。みえ子じゃないか。みえ子がいなけりゃ、飾り物みたいな団らんのままだった。それをおまえは。

そこまで思ったところで、赤っ玉の上昇は速度を落とした。賢右の後ろめたさのあらわれだった。賢右は、今週も、家族に内緒で、みえ子と安い居酒屋で酒を飲んでいた。だから、賢右は腹を立て切れなかった。そんな自分が苛立たしかった。

彼の苛立ちは羽衣子に向かった。普段の羽衣子なら、夫が気分を害したと察したら、無条件に謝るはずである。なのに、今回は、面白くないきもちの賢右を置き去りにした。さも忙しそうにキッチンに向かった。

恥をかかされた。瞬間、賢右の顔から火が出た。また赤っ玉の上昇が急になり、彼は分厚い胸をこっそりと波打たせ、深呼吸しなければならなかった。おれはただ、という言葉が腹のなかに浮かび上がった。

今週もみえ子と安い居酒屋で安っぽい味の簡単な料理を食べながら、賢右は愚痴をこぼした。

「羽衣子の料理は手がかかりすぎるんだよなあ。なんちゃらのなんたらソースがけ、ってものだけじゃなく、トンカツ一枚でも手を抜きません、なーんていう感じがあってさ」

なんとなく、重いのだ。気合いが入りすぎている。盛りつけも雑誌の口絵のように美しく、全体的に「決まって」いて、へんな緊張感がある。圧迫される気がして、食べる前から胃もたれを起こしそうになる。

「ウイちゃんは家族に美味しいものを食べさせたくてがんばってるんだよ」

みえ子のとりなしに、賢右は大きくうなずいた。そんなことは分かっている。痛いほど伝わってくるのだが、賢右は、もっと力の抜けた料理がたまには食べたかった。

そう言ったら、みえ子は少し困った顔をして、「ウイちゃんはがんばってるんだからさ」と繰り返しただけだった。

賢右は、羽衣子の考える「家族が喜ぶ美味しいもの」は偏《かたよ》っている、と思う。家庭のおかずってやつは、別にレストランや旅館や洋食屋みたいなものでなくてもいいはずだ。そういうものが食べたければ、そういうところに出かければいい。

油揚げを炙っただけで、こんなに旨いのに。これでいいのに。

そりゃいつもいつもじゃ、おあそび程度のパートしかしてない主婦にしては手抜きがひどすぎるが、それでも、たまにはこういうのが食べてみたい。なのに、羽衣子はみえ子の手料理をあげつらうような言いようをした、とついさっきのことを思い出し、賢右の赤っ玉がまた上がりそうになる。

正平のよそった鯛飯をひと口、食べた。賢右が感想を言う前に、みえ子が声をかけてきた。

「美味しいね」

みえ子は、せわしく顔を動かし、「ね！」、「ね！」と正平、いずみにうなずいてみせる。

飯碗を持ったまま、賢右は正平に目を向けた。思えば、羽衣子がぶちこわしたよい雰囲気をさりげなく立て直したのは、正平だった。賢右にはとてもできない気の遣いようを見せた。いつのまにか大人になったんだなあ、という感慨が賢右の胸をよぎる。今週、安い居酒屋で聞いたみえ子の言葉も胸のうちを過ぎた。

「正平くんは正平くんなりに努力してるんだよ。現代っ子だからさ、ひとに知られるのはダサイとか思って隠してるだけなんじゃないの？　賢右さんの思い通りじゃないかも、だけど……」

「いや、まあ、親の思い通りにはいかないものだとは重々承知しているんですが」

頭を掻き、親しさゆえの丁寧語で恐縮してみせた自分のすがたもまぶたの裏を過ぎた。

いずみにも目を向けた。

「お出汁《だし》の濃さと炊き加減が絶妙だよねー」

機嫌よくそう言いながら、首をやや傾け、味を覚えようとしているようだ。やはり、みえ子の言葉が胸に浮かぶ。

「いずみちゃんもね、お年頃なんだから、あんまりデリカシーのないこと言っちゃダメだぞ」

「はい、分かりました」

おどけて敬礼した自分を思い出し、賢右はひどくしあわせな気分になった。鯛飯をまた口に運ぶ。なんだかんだ言ったって、羽衣子のつくるものは旨い。

「うん、旨い」

声に出して言った。みえ子はもちろん、いずみも、正平も、うなずく。皆、しばらくは黙々と食べ進めた。みえ子がやってくる以前の食卓に戻ったようだった。だが、そうではなかった。なんともいえない温かみが遊佐家の食卓に広がっている。

「美味しいものを食べてるときって、無口になっちゃうよね」

みえ子の言に、賢右は深くうなずいた。改めて、みえ子のおかげだと思った。みえ子のおかげで、食卓の団らんに血が通った、と思える。そこに羽衣子が鯛の潮汁《うしおじる》を運んできた。

「旨いぞ、これ」

賢右は飯碗を持ち上げ、羽衣子に言った。

「やだ、いつもとおんなじよ」

羽衣子は賢右を見ずに、それぞれの前に椀を置いた。穏やかな微笑をたたえていた。

賢右の赤っ玉がゆっくりと上昇した。そうじゃなくて、と言いたくてならなくなる。たしかに、おまえのつくった鯛飯は、「いつもとおんなじ」だ。緊張感漂うものだ。だが、食べるこっちは「いつもとおんなじ」やりきれないいきもちにはならなかった。そのわけを、少しは考えたらどうだ。

いずみ

あ、これも美味しい。鯛の、澄んだ味がする。

椀に口をつけ、いずみは心中でつぶやいた。以前にも食べたことはあったが、こんなに美味しいと思わなかった。鯛飯もそうだった。なんだか、きょうは、すごく美味しく感じる。

できれば、このつくり方を覚えたかった。いずみのなかには「母直伝」の鯛飯なり、潮汁を二代目に披露《ひろう》したいきもちがあった。そういうことができる女の子って、すごく素敵だと思う。育ちがいい感じがする。温かな家庭に育った、素直な女の子のイメージ。しかし、ウイちゃんに教わることには抵抗があった。ウイちゃんはおそらく喜び、うざったいくらい、ことこまかに教えてくれるに違いない。それがいずみにはどうにも面倒なのだった。

それに、鯛飯や潮汁の作り方なら、「まつおか」の二代目のほうがよく知っていると思う。単純につくり方を知りたいのなら、彼に聞けばいい。

はあ、といずみはひっそりとため息を漏らし、椀をテーブルに置いた。

彼女は食卓の雰囲気が一瞬、不穏になったことを、別段気にしていなかった。その前に、ケンスケとちょっとぶつかりそうになったことも、そんなに気にならなかった。

このところ、彼女は、それまで彼女のきもちを煩わせていたことやものにたいして、鈍感になっていた。この一週間、彼女はずっと、取り込み中だった。二代目との初めてのデイト以来、甘く、柔らかな、「取り込み」の最中だった。

寄席では、桟敷《さじき》席に肩を寄せ合って座った。だいたい同じところで笑った。二代目は時折、噺家《はなしか》や芸人について説明してくれた。そのときは、いずみの耳に、二代目の唇が近づいた。

二代目が連れて行ってくれた店は、個人でやっている、ちいさな居酒屋で、店主が二代目と知り合いだった。店主は「おや、珍しいこともあるもんだ」と女連れの二代目を冷やかした。店のすみのテーブルに向かい合い、旬の魚や野菜を使った丁寧な料理を食べた。このときの話題は寄席と、「まつおか」のことだった。どちらもいずみのほうから、急ぎ気味に話題を振った。二代目はなにか別のことを言いたそうにしていた。それを聞くのが、恥ずかしかったのだ。

というより、デイトのあいだ、いずみはずっときまりが悪かった。態度よりも、きもちのほうがもじもじしていた。「あたしのこと、好きですか」。その日の明け方、二代目に電話して訊いた自分の声が、デイトのあいだじゅう胸のうちで鳴っていた。

「付き合いたいと思ってる」

二代目が言ったのは、店をあとにしてからだった。明治《めいじ》通りに出て、新宿へと歩いていたとき。

「こんなおじさんで悪いんだけど」

二代目がうつむいて、頭をかしげたので、いずみは「そんな」と首を振った。

「嬉しいです」

答えたら、涙ぐみそうになった。二代目が口にするだろう「次の言葉」に、早くも胸がいっぱいになった。

「素直だな」

二代目は少し笑った。

「いずみは嬉しいときには嬉しいと言うだろ？」

二代目に言われ、いずみは驚いた。

「けっこう意地っ張りですけど、わたし」

そう応じながら、「まつおか」にいるときの自分は、二代目の言う通りかもしれない、と思った。二代目やおかみさんといると、嬉しさを口に出してあらわすことができる。肯定的なきもちになれる。

「そういう部分もある。あと、なかなか気も強い」

二代目は足を止め、好ましそうな目でいずみを見た。

「まじめで、真っすぐな子だな、と」

二代目は、いずみの目に向かって言った。

「そういう子、おれ、好きだな、と」

言い終えて、二代目は「そういうわけだ」といずみの肩を軽く叩いた。

その夜のみえ子とのガールズトークの盛り上がりったらなかった。いずみはデイトのようすを微《び》に入《い》り細《さい》を穿《うが》ち、みえ子に報告した。そのときどきの自分の「揺れ動く感情」も余さず語った。あんまり嬉しくてチョコレートを渡しそびれてしまったことも。

「よかったねえ、イズミッチ、ほんと、よかった」

みえ子は同じ言葉を繰り返した。何度聞いても、いずみはそのたび、胸がじんとした。言葉は同じだったが、みえ子の口調はひとつひとつ違っていた。ひとつひとつの同じ言葉に、こころがこもっていた。

「二代目は、イズミッチのいいところを、ちゃあんと分かってくれてたんだね……」

おめでとう、イズミッチ、と言われたときは、涙があふれた。大げさな言い方だとは重々承知の上で、生きててよかった、と思った。二代目に会えてよかった。このタイミングでみえ子に会えてよかった。どちらも奇跡のように思われた。

……はあ。

家族と食卓を囲っているにもかかわらず、いずみはまたひっそりと満ち足りたため息をついた。

明日は二代目との二度目のデイトだった。映画を観ようということまでは決まっていたが、まだなにを観るのかは決まっていなかった。それは今夜、相談する約束になっている。

食卓の向かい側に座るウイちゃんを見た。ウイちゃんは鯛飯をちょっぴりずつ口に運んでいた。数度に一度、舌で前歯の歯茎をそっとなぞる。その癖を、いずみはウイちゃんの最大の欠点だと考えていた。目にするたびに、ちょっぴり愉快になった。

だが、今は、そうではなかった。ウイちゃんにたいするきもちは依然として複雑だが、前のように胸の真ん中にあるのではなく、かたすみに置いているような感じである。ケンスケにたいする思いはそれより遠くに置いてあった。正平などはもっと遠い。胸のうちからはみ出ているかもしれない。

「母直伝」の鯛飯や潮汁を二代目に披露してみたい、といううきもちが湧き上がったとき、いずみのなかで、もうひとつの思いもほぼ同時に浮かんだ。

「母直伝」の味を二代目に披露したいのだけれど、母とは昔から関係がこじれていて、素直に教えてと訊けない、と「素直」に二代目に相談したい——。

毎晩のガールズトークでみえ子に言ってもいいことだけれど、いずみは、やはり、二代目に相談したかった。二代目に、できるだけたくさんの「素直」な自分を届けたい。ウイちゃんの「相談」をしたあとは、ケンスケの「相談」も、といずみがうっとりと思ったそのとき、ケンスケの苛立った声が耳に入った。

「だから、もっと、普通のおかずでいいんだって。毎日ごちそうじゃなくてもさ」

すかさず、みえ子が、幼稚園児のお遊戯《ゆうぎ》じみた大げさな身振りで応じた。

「ウイちゃんの手にかかると、どんなものでもみーんなごちそうになっちゃうんだよね」

チッと舌を鳴らし、賢右が苦々しそうに言い返す。

「ごちそうってのは、こんなに押し付けがましくないだろうよ」

いずみは肘で、正平の肘を小突いた。

「どういう流れ？」

小声で訊いてみたのだが、正平は眉をちょっと上げ、ウイちゃんを目で指したきりだった。ウイちゃんは顔をかたむけ、口をちょっと開けていた。「へえ」とか「そう」とか言ったあとのようだった。なにも見ていない目をしていた。かすかに笑んではいたけれど。

羽衣子

賢右と出会ったときのことを思い出していた。

たくましいからだつきをした、善良そうな男だった。

ムードが少しリーダーに似ていた。中学生のときに付き合っていた不良グループのリーダーである。思い込みによる「男らしさ」を恃《たの》みにしている感じ、が、そう大きくない目と、丈夫そうな顎と、ふとした表情に透けて見えた。

名刺を見たら、一流企業に勤めていた。よい大学を出たと思われる。おそらくリーダーとは同じ種類の男だろうが、目の前にいる彼は、世間的に見て、リーダーよりはかなり「まとも」だ。そうして彼は、「まとも」な自分にふさわしい、ほとんど幻想といってもいいくらい、くっきりと「まとも」な家庭を築こうとするのだろう。たとえば。

稼ぎがあって、強い夫、三歩下がってかしずく妻。一戸建てか、いくつか部屋のある、高級といわれるマンションで、しっかりとした家具に囲まれて暮らす。毎日、温かな風呂に入り、鼻歌を歌い、清潔なキッチンで妻がつくった美味しい手料理に舌鼓《したつづみ》を打つ。

直感的に羽衣子はそう判断した。

それは羽衣子が経験したことのない生活だった。

トンボの羽音が大きくなった。トンボは、羽衣子の襟足の上を忙しく飛び回った。何万個もの目が、遠い場所に視線をのばした。

このままオムライス専門店のアイドルとして、いけるところまでいくのだろうと思っていた。何歳までこうしていられるのかは不明だが、うっすらと予感しているより早く、ちいさな人気がつぼんでいって、やがてなくなってしまうのだろう、と分かっていた。それは、どうしようもないことで、そのどうしようもなさの流れが羽衣子を運ぶのは、結局、母と同じ晩年なのだろう。わたしもきっと、ある日ぷつりとこときれるまで、生まれ育った狭いアパートで寝たり起きたりするのだ。

だが、賢右と出会い、流れはふたたたびになっているのかもしれない、と思えた。なにがあっても不思議ではないという思念が、新しい意味を持ったのだった。わたしは「まとも」な生活を手に入れられるかもしれない。

四年前に、まとまった金が手に入り、羽衣子のどうしようもなさはさらに増えていた。

顔も見たことのない父が、羽衣子を受取人として、母にかけた保険金だった。知ったとき、「孝文さあん、孝文さあん」と川原で父の名を呼ぶ母の声が、耳のなかでかすかに鳴った。羽音のようだった。

学費という名の援助は、みえ子の家から受けつづけた。事情を告げて、援助を辞退するのが筋だが、羽衣子はそうしなかった。そればかりか、母の葬儀にかかる費用も、みえ子の親に頼った。みえ子のえんまちょうに記入される額は増えるいっぽうだったが、返す気は起こらなかった。みえ子が交換したがっているのは、互いのどうしようもなさである。みえ子はどうしようもなく醜く裕福で、羽衣子はどうしようもなく美しく、貧しい。

羽衣子は、まとまった金が入ったことを、だれにも言わなかった。

母と羽衣子たち姉弟を見捨てた父のこれが「せめてもの罪滅ぼし」というものなのかという悔しさとか、母の死と引き換えに手に入れた後ろめたさとか、そういうべたついた感情は生まれてこなかった。そもそも母を亡くしたかなしみはそれほどでもなかった。むしろ、ほっとした。

どんな経緯で手に入れたとしても、お金はお金。だれにも渡したくなかった。減らしたくなかった。漠然と、いつか、そのときがきたら使おうと思っていた。「そのとき」がどのようなときなのかは、うまく説明できなかった。「そのとき」など、自分には一生こないと知っているつもりだったが、そう思った。

襟足をさすったり、少し上を掴むような手つきをして、トンボを探すふりをした。何万個もの目に映る自分のきもちが、羽衣子には見えた。この大金を、羽衣子は自分ひとりのために使いたかった。孝史にも、だれにも、盗られたくなかった。

わたしは、やっぱり、おかあさんに似たところがあるようだ。そう思った。ただし、母のほうが羽衣子よりも少しはましな気がした。母は、父のことしか頭になかった。引き換え、羽衣子は自分のことしか頭にない。自分のことが好きなわけでもないのに、いよいよとなったら、自分のことしか考えられないようである。

孝史のことは、心配は心配だけれど、顔を合わせなければ忘れていられた。

孝史はすっかり不良になって、アパートに寄り付かなくなっていた。不良仲間の家を泊まり歩いているのだろう。まだ中学生なのに、学校にも行っていないようだった。あそぶ金はみえ子にせびっていたと思う。「もう困っちゃう」とみえ子が、からだをくねらせて、ほのめかしていた。

羽衣子は、自分よりみえ子のほうが孝史に会う機会が多いのだから、みえ子が孝史を学校に行かせるよう説得しないのは、どうかしている、と思った。それもまた、得手勝手な理屈である。自分で自分を少し嗤《わら》った。孝史をだめにしてまで、自分につなぎとめたいみえ子だって、同じようなものだ。

「ウイちゃんはさあ、タレントにならなくて正解だったかもね。顔が綺麗なだけでやっていけるほど芸能界は甘くないよ」

みえ子の言葉がこころに残っていた。ステレオカセットプレイヤーのCMへの反響がみえ子の思った通りではなかったときに、漏らしたものだ。

みえ子の言葉を信じるなら、わたしには、どうやら、大々的な規模で見せ物になる価値はないらしい。羽衣子はだんだんそう考えるようになった。

どうせまともには生きられない、と前から思っていた。美しさと貧しさが、羽衣子のどうしようもなさをかたちづくっていた。いざとなれば、腹をくくって、見せ物になればいいような気がしていた。それがみえ子からの借りを返すということだと、みえ子の鬱憤《うっぷん》を晴らすことだと、みえ子の夢をかなえることだと、頭のどこかでそう考え、ため息をついていた。

でも、わたしは、わたしたちが思ったほどじゃなかったのだ。

もう少し広いアパートに住みたいとも思わなくなった。技能連携制度を採用している高校に編入する気もなくなった。どちらも、自分はすぐれた見せ物になれるといやいやながらも疑いなく思い込んでいた頃に、そこから逃れようとして考えたことだった。

高校を卒業して、池袋のオムライス専門店で働くようになった。

技能連携制度を採用している通信高校があることを教えてくれた知り合いの紹介だった。

彼女は編入し、簿記の資格を取得した。夜のバイトでコンセプチュアルなレストランを複数経営する男性を捕まえていた。

わたしはこの程度のハコで見せ物になるのがお似合いだと羽衣子は思った。知り合いのように、夜のバイトはできない。知らないひとと、なにを話していいのか分からない。ただほほえんでうなずいているだけでは役に立たないだろう。

オムライス専門店では、羽衣子はスターだった。ほかのウエイトレスよりも給料に色をつけてもらった。だから、ほかのウエイトレスとの折り合いはよくなかった。羽衣子以外の店員の入れ替わりは激しかったが、状態は変わらなかった。

羽衣子は、満足はしていなかったが、不満でもなかった。しょうがないと思っていた。時折訪れるみえ子も、概《おおむ》ね、そのような感じだった。ただし、みえ子は羽衣子よりも不満の分量が多いようだった。羽衣子は既にみえ子の親から援助を受けていなかったが、えんまちょうに記入される借金の額が少しずつ増えていっている気がした。返す目処《めど》など立たない借金である。羽衣子がみえ子に差し出せるものは、もう、なにもなかった。

客に声をかけられても、気の利いた受け答えができない羽衣子を見かねた社長が、釣銭を渡すときに、客の手を握るというアイデアを思いついた。その通りにしたら、たいそう誉められた。評判もよくなった。だが、給料は上げてもらえなかった。羽衣子は、それが、ほんの少し不愉快だった。とはいえ、「あのアイドルは今」という雑誌の特集記事への依頼が店経由できて、社長に「ボーナス弾むから」とささやかれたら、それはそれでいやなきもちになった。そんなはした金などもらわなくても、わたしは大金を持っていると、使う気はなかったけれど、そう思った。けれども、その雑誌に載ったことがきっかけで賢右と出会えた。今までとは違う「なにがあっても不思議ではない」と思わせてくれるひとに、出会えた。

賢右は翌週もスズランの花束を持ってきた。花束を受け取ると同時に、羽衣子は賢右に紙片を握らせた。すごく気になってます、という言葉の下に、電話番号を書いた。

三日後、賢右から連絡があり、食事した。このとき、羽衣子は賢右の自宅の電話番号を知った。初めてのデイトから戻った夜から、毎晩、賢右に電話した。うまく話はできなかったが、日ごとにきもちが昂《たかぶ》っていくのが羽衣子自身にも分かった。

おさえきれなくて、日に三通も長い手紙を書いたこともあった。内容は、煎《せん》じ詰めれば、こんなにだれかに大切にされたことは今までなかった、ということだった。不幸な生い立ちをかいつまんで告白し、こんなしあわせがわたしにやってくるとは思わなかった、とちいさな文字で書き連ねた。からだを投げ出すような昂揚は、賢右をどんどん好きになっていっているからなのか、母の晩年とは異なるほうの流れをぐんぐん進んでいっているからなのか、羽衣子自身にも判別がつかなかった。

賢右も羽衣子の熱気に巻き込まれたようだった。なにしろ、男らしさを存分に発揮できる対象が向こうから飛び込んできたのだ。なぜか頰をぶるぶると震わせ、ひどくまじめな表情で、会えばかならず、「おまえはおれが守る」と言った。

ある日のデイトの帰り、ようやく賢右の部屋に誘われ、初めて唇を重ねた。少し酔っていた羽衣子は賢右にしなだれかかり、火照《ほて》った頰を彼の頰にそっとこすりつけたり、彼の耳の下に鼻先をくっつけたりした。賢右が夢中になり、羽衣子のからだをひらかせようとしたところで、羽衣子は彼にささやいた。

「ねえ、お嫁さんにしてくれる？」

少しかすれて、蜂蜜をたらしたように甘いその声は、タレントオーディションの本選に残ったときに受けたボイストレーニングでものにしていた。そのときまで、羽衣子はこの声の使い道などないと思っていた。

二十一になる年に結婚した。

羽衣子の親代わりは、オムライス専門店の店長がつとめた。親にしては若かったが、みえ子の親に頼む考えは浮かばなかった。みえ子の親に世話になったことは、羽衣子のなかでもう遠い思い出になっていた。

披露宴の出席者の大半が賢右の招待客だった。店長が声をかけ、経営するレストランの従業員を羽衣子側の招待客として出席させ、一応の体裁をつけた。羽衣子が招いたのは通信高校時代の知り合いだけだった。彼女は例の経営者とまだつづいていて、彼の会社に勤めていた。

孝史も、みえ子も、招《よ》ばなかった。不肖の弟、孝史は行方不明ということにし、不幸な少女時代をささえてくれた親友、みえ子は盲腸になったことにした。

羽衣子は結婚する半年前にオムライス専門店を辞めていた。ウエイトレスだったころは店にやってきたみえ子とふたことみこと話す程度だったが、辞めてからは、連絡を取って会うようになった。月に一度はみえ子から連絡がきた。場所は羽衣子のアパートだった。

ふたりの話題は昔話だった。みえ子は知り合ってからの羽衣子のことをよく覚えていた。

「ほらあのとき、ウイちゃんがさー」「で、あたしがこう言ったらウイちゃんが」と次々とエピソードを語った。孝史の話題も出た。孝史のようすは、そのとき、聞いた。

大学生だったみえ子は家を出て、独り暮らしをしていた。そこに孝史が入り浸っているらしかった。孝史は相変わらずふらふらしているようだった。まじめに働く気にもならず、かといって、ヤクザになる度胸もなく、中途半端な不良になっていた。

孝史とみえ子が恋人のような関係だったかどうか、羽衣子は知らなかった。みえ子にはっきりと訊ねたこともなかった。孝史が元気かどうかは何度も訊いたけれど。

「あー、孝史くんねー」

みえ子はだらだらと長く笑ったあと、目を伏せ、

「元気でやってるよ」

と、いやにしっとりとした風情で髪を耳にかけた。そのようすを羽衣子は目を細めて見ていた。孝史とみえ子が恋人のような関係であってもなくても、きっと、みえ子は孝史がそばにいるだけで満たされるのだろう。

やっと、みえ子に借りを返せた。そう思った。考え方を少し変えると、孝史にとっても、みえ子といるのはとてもよいことである。一生食いっぱぐれなくてすむ。羽衣子は胸に手をあて、ほうっと息をついた。

内心、少しだけ怯えていた。自分だけ、うまいこと、どうしようもなさのなかから抜け出した、と思えた。「三田村さあん、三田村さあん」とみえ子が羽衣子を呼ぶ声が耳のなかで羽音のような音を立て、襟足が寒くなった。

結婚が決まったとみえ子に報告したのは、披露宴の数日前だった。それまで羽衣子はオムライス専門店を辞めた理由をみえ子に言っていなかった。「なんだか疲れちゃって」とつぶやいてみせたことはあった。みえ子はほんのちょっと嬉しそうに「ウイちゃん、そんなんじゃおかあさんとおんなじになっちゃうよ」と羽衣子の肩を揺すぶっていた。

「ふうん、そうなんだ」

結婚すると言っても、みえ子はそんなに驚かなかった。羽衣子は、ちょっと、つまらないきもちになった。賢右のプロフィールをくわしく語ろうとしたのだが、みえ子はうるさそうにさえぎった。実際、蠅《はえ》を払うように手を振った。

「……孝史くんの面倒はあたしがみるから」

そうつぶやき、

「ウイちゃんは、なんにも心配しなくていいからね」

と羽衣子の目をじっと見た。羽衣子は改めて、しみじみと、醜い顔だと思った。みえ子はひと筋の流れに浮かぶしかない女なのだ。わたしのように、流れがふたつに分かれてはいないのだ。孝史を手に入れたことが、彼女の人生で最高の出来事なのだろう。

結婚してから、親しく付き合うようになったのは、通信高校時代の知り合いだった。彼女は、もともとタレント志望だったらしい。さまざまなオーディションを受けていた。羽衣子がすっぽかしたタレントオーディションも、羽衣子が出演したCMのオーディションも受けていた。

「そっちの才能はなかったけど」

後年、彼女は笑って、「男を捕まえる才能とビジネスの才能はあったみたい」と振り返った。現在はカルチャー教室を経営していた。そのひとつであるパッチワークのクラスが羽衣子のパート先だった。羽衣子は彼女をふざけて社長と呼んでいる。「そっちの才能はなかったけど」の話がふたりは好きで、社長が切り出し、羽衣子が「わたしもそうよ。平凡な主婦になる才能には恵まれていたみたい」と応じるのがパターンになっている。

二年後にいずみが生まれた。家を建てたのは、正平が生まれてすぐだった。言い出したのは賢右だった。取引先の伝手《つて》で、良心的な不動産屋と縁ができたようだった。

ああ、そうだったの。

賢右からその話を聞いたとき、羽衣子はこころのなかでうなずいた。

そういうことだったの。

乳を飲む正平の汗ばんだひたいをなでて、微笑した。

母が亡くなったときに手にした金が、そのまま残っていた。漠然と、いつか、そのときがきたら使おうと思っていた金である。今が「そのとき」なのだ。「そのとき」がきた。

正平

「酷いわ」

母がささやくようにつぶやいた。かなしそうにうつむく。

うん、たしかに酷い、と正平は胸のうちで同意した。ポイント+《プラス》1。いや、父に歯向かったのだから、その勇気を買ってもう一点プラスしてもいいかな。

彼はレフェリーの心持ちでいた。相変わらず食卓の状況を愉しんでいる。父と母の口論のきざしが見え、ゾクゾクしていた。

発端は父のなんでもない一言である（「旨いぞ、これ」）。それに母が答えた（「やだ、いつもとおんなじよ」)。すると父が奮然と言い放った。

「いつもとおんなじだが、いつもより旨いと言ってるんだ」(+1)

そこでみえ子が割って入った。

「ウイちゃんはあたしのためにこころをこめてくれたんだよ」(0)

そしたら母が、父に向かっておっとりとこう言った。

「あら、こころならいつもこめてるわよ」(+1)

「失敬、失敬」(0)

みえ子のおふざけを挟み、父がこめかみを掻きながら、いかにも苛立ったようすで太い声を出した。

「たしかにこもってるよな。こもりすぎるほど、こもってしまっている」(+3)

母は無言で首をかしげ、「やだ、どういうことかしら?」というふうに微笑した(+2)。「ねえ、どういうことだと思う?」という感じで、みえ子にもほほえみかけ(+2)、「わたし、ぜんぜん分からないわ」というように肩をすくめた(+3)。

「こもりすぎるくらい、こころをこめてもらって、賢右さんったらしあわせ者!」(0)

みえ子の戯言《ざれごと》を無視して、父が「だから、もっと、普通のおかずでいいんだって。毎日ごちそうじゃなくてもさ」(+5)と良妻賢母の覆面をつけ、料理に命を賭けている母に、絶対に言ってはいけないことを言い、とりあえずふざけたことを言わなければ気の済まないみえ子の「ウイちゃんの手にかかると、どんなものでもみーんなごちそうになっちゃうんだよね」を受け、さらに父は「ごちそうってのは、こんなに押し付けがましくないだろうよ」（＋10）という科白《せりふ》を吐いたのだった。

聞いた瞬間から、正平は「いろいろ酷い」と思っていた。支配者失格だ。

父はおそらく腹のなかにあるものをすっかり吐き出すことも――「おれは思ったことは言わずにはおけない性分なんだよ」的な、「こういうふうにしか生きられない男なのさ」的な――男らしさのひとつだと信じているに違いない。だが、それは自分より強い者にたいしてだけ有効だ。弱い者にたいしてすべき行為じゃない、というのが正平の意見だった。

ならば、今、「まだ」父より弱い立場の彼は、革命を成就《じょうじゅ》させるためにも、彼の崇拝者である母をかばい、父を弾劾《だんがい》すべきなのだが、彼の頭にその考えはなかった。

彼はつづけてこう思っただけだった。

しかも、ほんとうのことなもんだから、余計始末が悪い。

母の料理の「押し付けがましさ」は口にこそ出さないが、母を除く家族の共通した悩みというか認識だから、と正平は心中でうなずき、だからこそ言っちゃいけないんですよ、と父に目をやり、やはり心中でかぶりを振った。

母に「酷いわ」と訴えられた父は、腕を組み、憮然としていた。何度か腰かけ直したところを見ると、早くも反省しているようである。格好悪い（−《マイナス》５）。

うつむいたまま、母が言った。

「あなた、言ったじゃない。結婚したとき。おれはおふくろの味なんていう田舎くさいものには飽き飽きしてるんだ、って」

ああ、これは＋１００だ。勝負あったな、と正平は思った。根が田舎者の父は、結婚したらオシャレなものが食べたかったんだろう。でも、父のイメージしたのはグラタンとかそのレベルだったんだ、きっと。

「でもまあ、おふくろの味じゃなきゃダメ、絶対っていう男のひとよりはいいかも」

考え方をちょっと変えてみました、とみえ子が指二本をおでこにあて、敬礼ポーズを取った（０）。このけっこうな緊迫シーンによく茶々を入れられるな、と正平は半ば呆れた。

賢右

賢右は大きくうなずいた。「その通りだ、みえ子」と胸のうちで快哉《かいさい》を叫んだ。やはり、みえ子は頭がいい。額面通りにしか受け取れなかった羽衣子とは大違いだ。

前傾姿勢になり、口をひらいた。「いや、実は」と言おうとしたのだが、「い」のかたちに口を開けたところでやめ、唇を結んだ。

いくらなんでもこれは言っちゃいかんだろう、という考えがスッと入り込んできたのだった。さっき口にしたことだって、決して言っちゃいけないことだった、と後悔したばかりだった。つい口に出してしまったのは、結局自分中心にしか物事を考えられない羽衣子の、ある種の鈍さのようなものが、憎くなったからだった。赤っ玉が跳ね上がり、制御できなかった。

少し落ち着いた今では、羽衣子のその鈍さが新婚時代の賢右の言葉を鵜呑《うの》みにさせ、ただただ努力させた、と思える。なんともいえない愛おしさがじわりと込み上げてくる。

（いや、実は、おれはおふくろの味がよかったんだよ。でも、そんなことを言ったら、羽衣子が困ると思ってね。こいつ、ほら、おふくろの味なんて知らないからさ）

賢右は、そう、みえ子に言うつもりだった。「母は料理などほとんどしないひとでした」と、恋人時代にもらった羽衣子からの手紙に書いてあった。「だから、わたしは、家庭科の教科書を読んで、料理を覚えました」と。

「おふくろの味がいい、って言われたら、わたし、その通りにしたわ」

羽衣子が顔を上げて、みえ子を見た。みえ子はばつの悪そうな顔で、頰を掻いていた。

「でも………」

と言いかけたのだが、羽衣子にさえぎられた。

「そっちのほうが簡単だったわ。お味噌汁とか、お芋の煮っ転がしとか、おひたしとか、魚の煮付けとか、わたし、高校生のころからやってたもの。わたしがやるしかなかったんだもの」

みえ子はフッと息を吐き、表情をぐにゃりとゆるめた。

「ウイちゃんはこう見えてなかなかの苦労人でしてねえ」

と、親指で羽衣子を指し、いずみと正平にうなずいてみせた。

「そうよ、油揚げ焼いただけで誉められるひととはちがうのよ」

羽衣子は羽衣子で、威張ってみせた。みえ子の調子に合わせておどけたつもりだったのだろうが、賢右の見たところ、あまりうまくいっていなかった。料理同様、緊張感が漂っている。

そこで賢右は突如気づいた。羽衣子はみえ子に嫉妬しているのだ。みんなが自分よりみえ子をちやほやしているのが気に入らないのだろう。だから、さっきから、ちょこちょこと突っかかってくるのだ。

「えー、アブラゲ、ちょうどよく焼くのってけっこうムズいよ？」

みえ子が羽衣子を振り向いた。いつものようにだらしなく笑っていたのだが、ほんの少し、ようすがちがった。口のはたに力が入っているようである。

「もう、みえちゃんたら。コンロで炙っただけじゃない」

羽衣子のようすも普段と少しちがう。緊張感というより、なにかが差し迫りつつあるようだ。頬がつねよりへこんで見え、そこに影が差していた。

「……そんなの料理じゃないわ」

とてもちいさな声で羽衣子が独白した。

「でもそれが、おふくろの味だってひともいるんだよ」

応じたみえ子は無表情だった。

いずみ

ふたりにしか分からない話をしている。

わたしたち家族の知らないことについて話している。

いずみは顎を引き、ウイちゃんとみえ子を見つめていた。目玉を動かし、ウイちゃんだけを見たり、みえ子だけを見たり、ふたりを同時に見たりした。

見かけも中味もちがいすぎるほどちがうけど、このふたりは、ほんとうに長年の友だちなんだ、とも思っていた。それまでは、単に古くからの知り合いなだけかもしれない、という考えのほうが優勢だった。ウイちゃんに、みえ子のようなユニークな友人がいるとは思えなかった。それに、この四週間、ウイちゃんとみえ子が話し込む場面など、見たことがなかった。

「イズミッチったら、ほとんど家にいないくせになに言っちゃってんの」

みえ子に言ったら一蹴《いっしゅう》された。みえ子曰《いわ》く、ウイちゃんとふたりきりになる時間は細《こま》切《ぎ》れだけど、けっこうあるそうだ。

「んー、でも、話、合います?」

と訊いてみた。ほんの数日前だった。ウイちゃんの話題は家事しかない。しかも、自分がいかに優秀な主婦かという自慢臭が漂う。いずみが思うに、すごく退屈な話題だ。

「この歳になると、積もる話がゴロゴロございまして」

みえ子の答えを聞き、過去の思い出話に終始してるんだなあ、それなら、まあ、そこそこ愉しいかも、と思った。だが、今のふたりのようすを見ていると、決して愉しい思い出だけを共有していたわけではなさそうだ。

「……そういうひともいるかもしれないわね」

かなり間を置き、ウイちゃんが答えた。肩につくかつかないかの長さの髪を搔き上げ、襟足をさする。

「お料理なんてしない母親が、お海苔を炙るみたいにコンロで炙っただけの油揚げをおふくろの味だと思うひとがいても不思議じゃないわね」

みじめなこどもね。とってもかわいそう、と浅く笑った。

ああ、ウイちゃんはやっぱりすごく綺麗だ、というのがいずみの感想だった。いつもの、ただ浮かべているだけというようなほほえみでも充分綺麗なのだが、こんなふうに、口角を少し持ち上げたシャープな微笑の美しさといったら、ない。それも少しうつむいているから、鼻から顎にかけてのすっきりとしたラインが際立って、ため息が出そうになる。

と、息を漏らす音が聞こえた。みえ子がため息をついていた。うつろな目で羽衣子を見ている。

「ほんとだねえ。みじめで、かわいそうなこどもだねえ」

ウイちゃんの言を繰り返した。ほんのちょっと、皮肉っぽいニュアンスをいずみは感じた。

「抜け出すチャンスはあったと思うのよ」

ウイちゃんはゆっくりとみえ子に視線を向けた。

うん、やっぱりウイちゃんの鼻から顎にかけてのラインは絶品だ、といずみは再度思った。自分のその線を指先でなぞってみる。みえ子に言われた「ウイちゃんにそっくり」な部分だ。実は二代目にも誉められた。メールで、「おたがいに好きなところを百コあげよう」といずみが提案したときに、わりと上位に「横顔」がランクインしていたのだった。

目の前で交わされているふたりの会話が、彼女の耳を通り過ぎていく。ケンスケとウイちゃんがおかずの件で争ったときは固唾《かたず》を飲んだが、ウイちゃんとみえ子の張りつめた空気の会話には大きな意味を見いだせなかった。長く友人をやっていれば、諍《いさか》いの種などいくらでもあるだろうし、ふとした瞬間に蒸し返されることもあるだろう。

ウイちゃんとみえ子の秘密には興味があった。けれども、今のいずみには、ふたりの会話のはしばしからあれこれ推測するほどの集中力も熱意もなかった。だから、ふたりの会話はいずみの耳を通り過ぎていくだけだった。

「ん、あったかもしれないね」

「でも活かせなかった」

「……そう、かな？」

「そうじゃないって言うの？」

「あんまり大きなしあわせを見せつけられて、いやんなっちゃったんじゃないかな？」

「いやになる？」

「怖くなっちゃったんじゃないの？」

「なにが？　どうして？」

「見せつけられたしあわせが絵に描いたモチ以上に絵に描いたモチみたいで」

「意味が分からないわ」

「ゴリゴリにまともっていうか。執念っていうか、執着っていうか、なんか、とにかく、ちょっと異様な必死さっていうか……」

「意味が分からないわ」

「分からなきゃ別にいいよ。でも、あたしは、そういうことだと思うんだ」

「意味が、ぜんぜん、分からないわ」

「だから、もういいって。ウイちゃんはがんばってるよ」

「がんばってなんかないわ」

「分かった、うん、がんばってないね」

「わたし、がんばってなんかないわ」

「そうだね。その通りだよ」

「執念なんてないし、執着もしてないわ。必死でもないわ」

いずみは顔を上げた。ウイちゃんの声の調子にただならぬものを感じたのだ。

羽衣子

リビングを見回した。天井、照明、壁、リビングボード、ソファ、センターテーブル、床、そして食卓セット。寝室も、こども部屋も、客間も、みんな、内装と家具の費用は羽衣子が持った。賢右には言わなかった。彼は自分の収入でローンを支払っていると思っている。繰り上げ返済をして、借金の残高が予定より半分に減っていることを、彼は知らない。

家が完成し、ほどなくして、羽衣子は孝史を呼び寄せた。みえ子の留守にみえ子の部屋を初めて訪ね、ベッドに寝そべっている孝史を連れてきたのだった。

「迎えにきたわ」

そう言ったら、孝史は、こどものように、ぱっと顔を輝かせた。

「姉ちゃん、なんか、いいとこに嫁にいったっていうからさ」

孝史はふてくされたように横を向いた。素直に喜びをあらわしたことが照れくさかったようだ。

「ちがう世界にいっちゃったんだなーとか思って。芸能人になるとかならないとか騒いでたとき、あったじゃん。イイ線までいったのに姉ちゃんがバックレたとき。あんときは違う世界にいくなんて思わなかったんだけどさ」

うん、CMに出たり、駅でポスター見たりしたときもそんなこと思わなかったんだけど、と孝史は早口で言った。ひと息ついて、「いいの？」と上目遣いで羽衣子を見た。

「おれ、ほんと、姉ちゃんとこ行っていいのかよ」

「当たり前じゃない」

姉弟なんだから、と羽衣子は笑んだ。

「それに、わたしの家なんだから」

ベッドに近づき、孝史の手を取った。もういっぽうの手はベッドに置いた。が、すぐに離した。しわくちゃのシーツは垢がついているらしく、コーティングされたように厚ぼったかった。お菓子のかすがざらざらと触れた。枕元には駄菓子の空き袋がいくつか転がっていた。床には空き缶や空になったペットボトルが倒れていた。倒れていないものはタバコの吸い殻でいっぱいになっていた。ワンルームの部屋を見渡すと、散らかり放題で、ゴミとものがいっしょくたになっていた。生まれ育ったアパートとそっくりだった。

「荷物、まとめなさいよ」

着替え程度でいいから、と言うと、孝史は弾みをつけてベッドから下り、まずゴミの入っていた大きめのレジ袋を逆さに振った。そのなかにあちこちに点在する洋服を拾って詰め込んでいった。

「もう、いい」

羽衣子は孝史に声をかけた。

「なんにも持たなくていいから、早くここを出ましょう」

襟足をさすりながら、そうつづけた。トンボが翅を広げていた。ずいぶん久しぶりだった。

孝史との同居は賢右に話しておいた。不肖の弟が今度こそこころを入れ替えてまじめになりたいと言っている、ちゃんとした職を見つけ、ある程度の貯金ができ、ひとりでやっていける目処がつくまで置いてあげてほしい、と頼んだ。

　賢右は迷ったようだった。面倒を背負い込むのが目に見えている、という顔をしていた。けれども、妻の頼みを断ることは、彼の「男らしさ」が許せないようすである。それに孝史は妻のたったひとりの肉親だ。不幸な生い立ちの妻をもらったということは、妻の過去も引き受けるということである。

「お願い」

　羽衣子は賢右と目を合わせた。賢右の目の奥に入り込むようなまなざしで見つめた。こうすれば要求が通ることに羽衣子は気づいていた。いつからだったのかは覚えていない。賢右の目の、もっと奥へ、もっと奥へと焦点を合わせていくと、視界がなぜかふっと広がるような一瞬がやってくる。その瞬間がきたら、賢右は羽衣子に同調するのだった。

　孝史とふたりで新居に向かう途中でスーパーに寄り、当座の衣類を買った。下着、靴下、スニーカーだ。夏だったから、Tシャツも買った。レモンイエローとかエメラルドグリーンとか、明るい色を選んだ。ズボンは白のデニム。孝史の長くて細い足が映《は》えるようスリムにした。

　孝史は色の褪《あ》せた黒のタンクトップに、紫色やオレンジ色や黄緑色がだんだら模様になったバミューダパンツをはき、汚れた白のサンダルをつっかけていた。トイレで着替えさせ、着ていたものは捨てさせた。

二階の和室に案内した。ふとんも敷いておいたし、ちいさな机も用意していた。その上にはラジカセ。カセットケースに入れたのは、ビッグバンドジャズの名曲集や、スクリーンミュージックの名曲集。羽衣子の判断基準では、歌詞がついているより、ついていないほうが高尚な音楽だった。でもクラシックは高尚すぎて尻込みする。

「すげえ」

まじで？　と孝史は文字通り目を丸くして、部屋のなかを眺め回した。彼は玄関の前に立ったときから、そんなふうだった。

「すげえじゃん。姉ちゃん、すげえじゃん。普通より上の感じの家じゃん」

みえ子ん家には負けるけどな。でもあそこん家より恰好いいよ。「金妻《きんつま》」とかに出てくる家みたいだ、と興奮気味に話していた。

羽衣子は声を立てずに笑った。思い切って、迎えに行ってよかった。

時々、羽衣子は奇妙な感覚におそわれた。ふたりのこどもが、おさないころの羽衣子と孝史に思えるのだった。自分たち姉弟を育て直している感じがした。同時に、人並み以上の収入があり、頼りがいのある父と、きれい好きで料理上手で、穏やかな母になに不自由なく育てられ、すくすくと成長するこどもになったような感じもした。

こんなふうに育ったら、トンボもやってこなかっただろうし、孝史も道を踏み外さなかったに違いない。孝史を思い出す夜が増えていき、孝史のことだけが、自分のやり残したことだと思うようになった。

みえ子への借りはもう返したはず、というのもある。孝史が中学生のときからだから、と指を折って数えた。九年？　ううん、十年もみえ子に孝史を独占させてあげた。もう充分だろう。それに、と羽衣子は眉をくもらせた。その十年のあいだにみえ子のやったことときたら、と唇を噛む。孝史をだめにすることだけだった。

孝史にまともな暮らしというものを見せたいとも思っていた。羽衣子は意識していなかったが、彼女が摑んだ生活や、善き妻であり善き母である彼女自身をもっとも見せたいのは、孝史とみえ子だった。

だが、みえ子をこの家に招待するのには、まだブレーキがかかっていた。招待どころか、みえ子と会うことすら、羽衣子にはためらいがあった。

もう少しこの生活が安定してからのほうがいい、とこころのどこかで羽衣子は考えていた。そこはかとなく不安だった。この生活がもっと確固としたものにならなくては、過去の自分に引き戻されそうな気がする。

借りは返したのだが、最初の約束は破ったままだという感じがあった。羽衣子がそう思うよりも、みえ子がそう思うきもちのほうが遥かに強い、と思われた。タレントオーディションで優勝して借金を返すという「最初の約束」は月日がたつにつれ、変化した。みえ子が変化させた。いつのまにか互いの欠けた部分を補い合うことが「最初の約束」になっている。だから、羽衣子はみえ子に引きずられ、最初の約束を守るために、せっかく手に入れたこの生活をみえ子に差し出さなくてはならないきもちになりそうで、それが、少し、怖かった。

孝史と同居し、意識の下にあったそんな思いが、あぶくのようにプップツと表面にあらわれ始めた。

どうも孝史は、姉が彼をあそんで暮らせるようにしてくれると思い込んでいたようだった。それまでみえ子がしてきたことを、今度は姉がするのだろう、と信じていたとしか思えなかった。

羽衣子がいくら説得しても職探しをしようとしなかった。だったらせめて朝起きて夜眠る生活をすればいいのに、それもしようとしなかった。夕方近くに起き出して、台所にあるものを勝手につまみ、羽衣子に金をせびるか、財布から金を抜き取るかして、ふらりと家を出て行った。帰ってくるのは朝方だった。朝食をとっている賢右に「はよーっす」と酒臭い息でぺこりと頭を下げ、冷蔵庫からジュースを取り出し、部屋に戻った。

「アレはなんとかならんのか」

孝史と同居して三月後、ついに賢右がそう言った。羽衣子はからだを縮込《ちぢこ》まらせた。短気な賢右が相当な我慢をしていたのは分かっていた。孝史は健康な大人なのだから、本来は自立してしかるべきである。今のままではこどもの教育に悪い影響があると言われたら、返す言葉がない。現にいずみは孝史の部屋にあそびに行きたがっていた。孝史はいずみを「くるくる回してくれる」のだそうだ。意味は分からなかったが、いずみが孝史を好いているのは分かった。よい傾向ではない。

それでも孝史の面倒をみたいというのなら、おまえもこの家を出て行け、と言われそうで、怖くなった。怖さと不愉快さとほんの少しの憤《いきどお》りが混じり合った。この家は「わたしの家」なのに、わたしが出て行くのはおかしい。

明くる日の午前、孝史の部屋に行った。朝方帰ってきた孝史はいぎたなく眠っていた。毎日掃除していても毎日散らかる部屋をさっと見渡し、羽衣子はベッドに腰を下ろした。孝史を揺り動かし、目を覚まさせた。上半身を起こし、大仰なあくびをする孝史の手を握り、揺すりながら言った。

「ちゃんとしてほしいの」

「けっこうちゃんとしてるけど？」

「働いてほしいの。でなきゃせめて、明るいうちに起きて、暗くなってから眠ってほしいの。お金も勝手にお財布から盗らないでほしいの」

孝史は舌打ちした。手には力が入っていなかった。羽衣子に揺すられるままにしていた。

「みえちゃんは許したかもしれないけど、お姉ちゃんはそういうの嫌いだから。大嫌いだから」

孝史の手をぎゅっと握りしめたら、振りほどかれた。あーあ、と伸びをして孝史が言った。

「ヤクはもうやってないんだけどな」

「え？」

ふりほどかれた手を中途半端な位置で止めたまま、羽衣子は訊ねた。なぜか、少し、笑っていた。

「あれれ？」

孝史はそらとぼけた顔を羽衣子に近づけた。

「みえ子は誉めてくれるよ？　孝史くんえらいねえって」

「ヤク、って？」

そう確認したときも、羽衣子の頬はゆるんでいた。

「やー、あんときゃみえ子に本気出して怒られちゃって。クスリだけは手を出すなって、なんかえらい勢いで」

孝史も笑っていた。顔立ちは相変わらず整っていたが、汚れた肌をしていた。薄いひげがまばらにはえていて、白目も、歯も、黄色く濁っていた。腐った魚みたいな口臭をまき散らして、孝史は笑いつづけた。

みえ子に電話を入れた。みえ子の部屋から孝史を連れ出した夜以来の連絡だった。

「思ったより早かったかな？　ううん、けっこう保《も》ったかも」

羽衣子からだと知ると、みえ子は乾いた声でそう言った。三カ月前に「家で暮らすほうが孝史のためになるから」と羽衣子が告げたときと同じ声だった。あのときは「あー、そうかもしれないねえ」と言葉を投げた。

「そう？」

羽衣子が訊くでもなく訊くと、みえ子は長い鼻息で応じた。

「ウイちゃんには無理だと思ったんだ。孝史くんだって無理なんじゃないかなーって」と妙に分別くさい調子で言った。羽衣子は電話の用向きを告げなかったが、みえ子はすっかり分かったようだった。

だって、どうしようもないんだもの。

どうしようもなかったんだもの。

孝史のいなくなった二階の和室を掃除するたび、羽衣子は胸のうちで繰り返した。襟足に止まっていたトンボはひからびて、紙のように薄くなり、羽衣子の皮膚に張り付いた。やがて皮膚に埋まっていって、刺青《いれずみ》になった。もう羽ばたきはしないけれど、わたしの襟足にずうっと残るのだろう、と羽衣子は思った。

その後みえ子との音信が途絶えた。もちろん孝史との音信も。みえ子から電話があったのは十三年後だ。孝史が交通事故で亡くなったという報《しら》せだった。彼のほうから車に飛び込んでいったらしい。フラッシュバックというもののせいだった。薬物の使用をやめても、ちいさな刺激で、ふたたび幻覚や妄想が再燃することがあるのだそうである。

孝史の葬儀は羽衣子が取り仕切った。唯一の肉親として当然である。みえ子も同意した。羽衣子がそう告げたら、「あ、そう」と言ったきりだったが、同意は同意だ。

みえ子は孝史の訃報を報せたときは恐慌《きょうこう》をきたしていたが、羽衣子が病院に駆けつけたころにはぼんやりしていた。砂袋みたいに長椅子に腰かけていた。

葬儀には、一般の弔問客《ちょうもん》にまじって参列した。羽衣子が喪主席から振り返って見ると、みえ子は会場のすみにいて、孝史の遺影を眺めていた。遺影は、みえ子の持っていた写真を引き伸ばした。孝史が中学生のときのものだった。ステレオカセットプレイヤーのCMオーディションに応募するため、羽衣子の写真を撮ったついでに自分もみえ子に撮らせたらしい。享年三十八だったが、孝史の写真はそれしかなかった。

幼さの残る顔なのに、はすにかまえて気取った孝史の写真を眺め、嗚咽《おえつ》をこらえるみえ子の赤黒くむくんだ顔はひたすら醜かった。どうしようもなさがじゃぶじゃぶとあふれていて、羽衣子は目をそむけた。

みえ子との往来が再開したのは、去年だった。

羽衣子から連絡を取った。もう大丈夫だと思った。みえ子に会っても、過去に引きずり込まれたりしない。

　遊佐家では、なくてはならぬ存在になっていた。わたしがいなければこの家は成り立たない、と羽衣子は思う。どんなに家事に精を出し、こころをこめて食事をつくっても、当然という顔をしてなんにも言わない家族にたいして不愉快なきもちになるとき、特にそう思った。そう自分に言い聞かせた。

　夫婦仲は良好だし、こどもたちも大きくなった、と胸のうちでつづける。いずみは大学生、正平は高校生になった。羽衣子は未だにこどもたちを、自分と孝史とに重ね合わせるときがあった。まともな家庭に育った場合の自分たち姉弟に思いをはせる。羽衣子はのびのびと親をこばかにし、孝史はさして深刻な理由などないのに鬱屈したりするのだろう。

　ひとり笑いが漏れ出てくる。なんて贅沢《ぜいたく》なこどもたち、と思う反面、なんて平凡なこどもたち、と思う。羽衣子はこどもたちの将来を案じたりはしなかった。「まともな家庭」で「なに不自由のない生活」をあたえているのだから、案じる必要がないのだった。

　正平だけは少し気にかかった。彼のすがたかたちは孝史によく似ている。正平を見ていると、襟足にできたトンボの刺青がときにうずいた。ふたりきりになると、「ねえ、正平」と語りかけたくなる。わたしたちは、こんなにまともに暮らしているのよ、と伝えたくなる。そのとき、羽衣子のこころのなかでは、「ねえ、正平」と「ねえ、孝史」がぴったりと重なった。

みえ子のマンションに、月に一度はあそびに行くようになった。平日の日中に出かけるのだから、わざわざ家族に知らせなくていい。朝食と夕食の時間に在宅ならば、それで家族は満足する。なにか言われたら、パートの日だと言えばいい。

みえ子の住まいは学生時代から変わらなかった。親の買ったマンションである。孝史が長く暮らしたマンションでもある。

みえ子の部屋では、ベッドの上に腰を落ち着ける。ふたりとも壁に背中をもたせかけて、足を伸ばす。甘い紅茶の入ったペットボトルが倒れないよう手でささえる。

羽衣子の買ってきた海苔弁当を食べ終えたら、雨漏りみたいなお喋りをつづける。喋るのは、おもにみえ子だ。羽衣子はほぼ相槌を打つだけ。耳を傾けていると、懐かしくなる。昔話って、おとぎ話みたいだ。

羽衣子のまぶたの裏に、生まれ育ったアパートの絵が浮かぶ。結婚が決まって、引き払ったときの絵だ。なにもない、がらんとした六畳間。黒ずんだ畳はあちこち擦《す》り切れている。しみがいくつもついている。ところどころ、ぶわぶわとしている。押し入れのふすまには穴があいている。壁紙もそこここでめくれていて、横木の色は無惨に剝げている。あそこにあったものはみんな捨てた。

みえ子は実に昔のことをよく覚えていて、放っておくと、いつまでも喋りつづける。次第に羽衣子の眉がくもる。ひりひりと不愉快になってくる。わたしはもうあそこにはいないのに、と言いたくなる。決して戻らないのに、と言いたくなる。あなたとはちがう、と言いたくなる。少し静かにして、と言う代わりに、まだちょっと残っているペットボトルをゴミ箱に向かって投げる。箱に入らず、転がって、甘い液体がこぼれる。

「今度こそ」

傍らに置いてあった海苔弁当の空き容器も投げてみる。

「ウイちゃんはへたくそだねー」

みえ子もペットボトルを投げる。カツンと音を立て、ゴミ箱をかすめたものの、入らない。液体が飛び散る。羽衣子の投げた弁当の容器にぶつかり、米粒も飛ぶ。

「おっかしいなあ」

首をかしげて、みえ子がエイッと空の弁当容器を投げる。また外れる。

「みえちゃんだって」

笑いながら、羽衣子はダーツの矢のように割り箸を投げる。みえ子も投げる。どちらも外れて、「じゃあ、もう一回ずつね」と羽衣子はベッドから下り、投げ散らかしたものを拾いに行く。数歩歩く途中で積み上げられた雑誌を足で引っかけ崩れさせ、チェストの上に並んだ小物を肘があたった振りをして、ばらばらと落とす。

それから少しうとうとする。みえ子に肩を揺すられ、目を覚ます。「もう帰らないと」と羽衣子は髪に指を入れ、毛先を後方に流す。

ベッドをぽん、とひとつ叩いて立ち上がる。叩いたベッドのマットレスの下には、えんまちょうが隠されている。

ふたりしてベッドで足を投げ出していると、みえ子がたまにこう謎をかけてくる。

「この下にあるもの、なーんだ？」

ヒントも出す。

「ウイちゃんとあたしをずうっと仲よしのままにさせる、絆《きずな》っていうか、糊《のり》みたいなもの、なーんだ？」

羽衣子はゆっくりと微笑むだけで、答えない。かすかにうなずき、みえ子の目を見る。

友情という言葉が胸をよぎることがある。

暮れにマンションをリフォームするので、仮住まいを探しているとみえ子から聞いた。

「なら、家に来ればいいわ」

羽衣子は即座に申し出た。

「えー、いいの？　迷惑じゃないの？」

本心からかどうかは不明だが、遠慮するみえ子に羽衣子は胸を張った。

「大丈夫。だってわたしの家だもの」

――意外だったのは、みえ子が家族になじんだことだった。賢右とも、いずみとも、正平とも、それぞれ、みえ子は親しくしている。羽衣子に内緒で、それぞれと、なにやら話し込んでいるようすである。

「まともな家庭」の者たちが、みえ子を受け入れるとは思っていなかった。だって、みえ子はどうしようもないままである。「三田村さあん、三田村さあん」と羽衣子を呼んだころから少しも変わっていない。みえ子は、どうしようもないままなのに、羽衣子の摑んだ「まともな家庭」にスルリと入った。

うっすらと羽衣子が描いていたのは、「そんなふうに言わないで。みえちゃんはちょっと変わった感じがするけれど、根はいいひとなのよ」と家族ひとりひとりと目を合わせていくシーンだった。「おかあさんがそんなに言うなら」とまず賢右が折れ、「まあ、四週間の我慢だし」といずみが肩をすくめ、正平がアハハと笑ってうなずくシーンにつづいた。

これで、みえ子との「最初の約束」は消滅する、と思った。わたしはあなたと交換するどうしようもなさなど、もう抱えていない、とみえ子に伝えることができる。わたしに欠けているものはなにもない。えんまちょうは、もう、無効だ。

ところが、たった四週間で、みえ子は家族と親しくなった。親しさという点だけを抜き出せば、羽衣子に勝っているかもしれない。食卓を囲むときの家族の顔つきを見れば分かる。稚気《ちき》の勝った言い方だが、羽衣子は、「みんな、わたしよりみえちゃんのほうが好きみたい」と感じる。「わたしより、みえちゃんの話を聞きたいみたい」。つい、「わたしなんて、いなくてもいいみたい」と拗《す》ねそうになる。それが進んで、「みえちゃんに取って代わられるかもしれない」と思いそうになる。「わたしの家なのに」。「わたしがお金を半分出した家なのに」。「わたしが育てた家なのに」。

その四週間もきょうで最後だ。

毎日、ちょっとずつ不愉快だった。ぽたぽたと溜まっていき、胸のうちで波を立てるようになった。それもきょうで終わりだと自分を励まし、夕食にはみえ子の希望で和食を作った。みえ子がどうしてもというから、手料理も一品作らせた。なにをつくるのかと思ったら、羽衣子の母の「得意料理」だった。

たしかに、こどものころは、台所に立つ母のすがたを見るだけで嬉しかった。普通の家の子になったようなきもちになった。コンロで油揚げを炙っただけなのに、と思えば可笑しくなる。皿にも載せず、「はい」と手渡しされ、「熱い、熱い」と大騒ぎしながら食べるのが、でも、とても愉しかった。ことに、孝史は、愉しそうだった。

「執念なんてないし、執着もしてないわ。必死でもないわ」

羽衣子は繰り返した。胸のうちに溜まった不愉快の立てる波が大きくなる。

「うん、あたし、言い過ぎたかも」

ちょっとムキになっちゃった、とみえ子が自分の頭をこつんと叩いた。みえ子のおどけはいつも通りのように見えたし、いつもよりぎくしゃくしているようにも見えた。とにかく、家族は笑わなかった。羽衣子以外の三人は、笑うという反応を試みたようすだったが、頰が強張《こわば》り、言うことをきかないようだった。キョロキョロと目を泳がせてから、みえ子がハーと息をつく。

「でも、あたしはウイちゃんたちが大好きなんだよ。こどものときからずっとだよ。ずっと応援してるよ。あたしはずっとウイちゃんたちの味方だよ。それだけは分かってほしいな、なーんちゃって」

あたし、これでもね、と羽衣子以外の三人に話しかけた。はしゃいだようすだった。身振りが大きくなった。こぶしを握った両腕を上下に動かす。急にテンションが上がった感じである。

「親にベッタベタに甘やかされて育ったお嬢さんだからさ、なんかちょっと、ワガママなとこ、あって。その反面、超弱腰なとこもあって。その上、顔もこんなだしさ。そんなあたしと友だちでいてくれたのは、ウイちゃんだけなんだ。ウイちゃんがいなかったら、あたしはずっとひとりぼっちのままだったんだよ」

あははは、と喉を反らせて大笑いをしたと思ったら、テーブルに突っ伏した。「ありがとう、ウイちゃん、ありがとう」と泣く。

「……まあ、なんだ」

賢右が口をひらいた。一拍間を置き、喋り出す。

「世の中にはいろんなひとがいて、いろんなものを抱えているってことだ。それがときにぶつかり合い、ときに分かち合い、ときに重なり合って、真に知り合う、分かり合う、という……」

途中で、いずみが口を挟んだ。

「みえ子さんには過剰《かじょう》な部分がやっぱりあると思う。それがみえ子さんの個性になってる、ひとってみんなそうじゃないかな。過剰な部分が『そのひと』をつくるっていうか。不足も個性と言えるかもしれないけれど、足りなさと有り余っているものは切っても切れない関係で……」

正平が「ていうか」と割って入った。

「執念とか執着とか必死さっておかあさんから一番遠い言葉だし。おかあさんはもうなんか、本能で、良妻賢母をやってるんであって、まーみえ子さんの見当違いっていうか、思い込みっていうか、そういう……」

頬を包むふりをして、羽衣子は指先で耳をふさいだ。それぞれの意見を喋りつづける三人の声が遠ざかる。「なんにも分かってないくせに」とつぶやいた。めそめそと、おいおいと、しくしくと、かたちを変えて泣きながら、「ありがとう、ウイちゃん、ありがとう」と言いつづけるみえ子を見ながら、「それ、ほんと?」とちいさな声で独白した。「みえちゃんの言ってることって、どこまでほんとうなの?」。

ありがとう、と泣くこともえんまちょうに記入されるかもしれない、と思った。ＣＭに出ても、孝史を差し出しても、みえ子への借りは増えるいっぽうだという気がする。みえ子が家族と親しくなったことで、少しは返せたのかもしれないけれど、と考え、かぶりを振った。

とにかく不愉快だった。なにもかもが気に入らない。「わたしの家」が今夜はこんなに騒々しい。頬から離した手を喉にあてた。だれもいなければいいのに、と言いたくなっていた。みんな出て行って、と低い声を出したくなった。とりあえず、少し静かにして、と言う代わりに、喋りつづける三人と目を合わせていった。ひとりひとりの目の奥に入っていくように見つめていったが、だれも口をつぐまなかった。

食卓5

夏のある日、遊佐家では家族そろって夕食を終えた。

食卓にずらりと並んだのは、舌平目《したびらめ》のファルシー、グレープフルーツとルッコラのサラダ、アスパラガスの冷製スープ、まだ温かな手づくりバゲット。そしてもちろん、彩りゆたかなミックスピクルス。それらすべてを十四、五分でたいらげた。

食後の甘いものはトマトのムースだった。お茶は熱いハーブティー。賢右と正平がアイスを希望したので、羽衣子は、彼らには濃いめに入れた。氷の入ったグラスに注ぎ、マドラーでよくかきまぜた。

「夏でも飲み物は熱いものを飲んだほうがいいらしいよ」

いずみがハーブティーに息をふきかけながら言った。両手でカップを持っている。その声は少しかすれていて、蜂蜜をたらしたように甘い。大学でも、「まつおか」でも、いずみの声のよさに気づくひとが増えた。横顔の美しさに気づくひとはまだ限られていたが、表情がやさしくなった、とは言われる。

「女は冷やさないほうがいいからな」

　賢右はストローでひっきりなしに氷を押し下げていた。ガチャガチャと音が立つ。ストローを口で探して、くわえ、薄茶色の液体を吸い上げる。今でも彼は毎晩、夜中にトイレに立つ。ひとりでテーブルにつき、麦茶を飲んだり、一杯やったりする。

「なんで？」

　正平が訊ねた。皮肉っぽさをにじませた口調である。唇を斜めに上げるのがすっかり癖になっていた。伸ばした前髪を掻き上げ、眉と目のあいだをなるべく狭《せば》めて、話す相手を見るのも癖になりつつある。

「冷やすとよくないんだ、特に女は」

　賢右はトマトのムースをスプーンで掬った。じろりと正平を睨む。威嚇《いかく》するように睨む。なんだその目つきは、と腹のなかで言った。ひとをばかにしたような口元といい、目にかぶさる前髪の長さといい、まったく最近の正平はなってない。なにかこう、自信を持ってチャラチャラしている。シャツのボタンを五つくらいはずして、金の鎖《くさり》を覗かせる手合いみたいな匂いがする。以前のおどおどしていたときのほうがまだましだ。

　賢右の赤っ玉がゆっくりと上昇した。上がりが急でなかったのは、みえ子の言を思い出したからである。

「正平くんはさ、たぶん、自分探しの真っ最中なんだよ。どういう自分になりたいのか、模索中っていうか。あと、ほら、賢右さんにも覚えがないかなあ。若いころってさ、今じゃ考えられないようなヘンなものを恰好いいって思っちゃったりするじゃん？」

まあ、せいぜい迷って自分とやらを探せ。そんな言葉を胸に浮かべ、黙々とトマトのムースを口に運んだ。

みえ子とはたまに会っていた。月に一度か、そのくらいだ。いつもの――そう、「いつもの」――安い居酒屋チェーンで愚痴を聞いてもらっている。みえ子に会うのは精神安定剤を飲むようなものだった。おかげで、彼は、以前より安らかな心持ちで家族と接することができる。

「そうそう、女は冷えがよくないんだよね」

いずみはしきりにうなずいた。このところの彼女のテーマは「冷やさない」だった。絹と綿の靴下を交互にはく「冷えとり」も実践している。就寝時もなるべく肩を出さないようにして、半身浴も励行している。

「まつおか」の二代目との交際は順調だった。二代目を狙っていたトシコもふたりの関係に気づいたらしく、店に顔を出さなくなった。梅雨前には二代目と重なり合った。それからは週に一度のデイトの仕上げは行為になった。店を閉めたあとも厨房のすみでねっとりといちゃつく。だから、帰りが遅くなる。家族に怪しまれるのではないかと気になって、たまには早めに帰宅し、食卓を囲んでいる。

今のいずみの目標は二代目との結婚だった。このまま進めば叶うと思う。それまでに、いつでも赤ちゃんを産めるからだをつくっておこうと思っている。二代目は五十代だ。亡くなった奥さんとお腹のなかのこどもを事故で亡くしている。早く彼にこどもを抱かせてあげたかった。

「イズミッチったら、その若さで婚活どころか妊活まで？」

みえ子に冷やかされ、

「来年からは就活もですよ」

と赤くなった頰に手をあてた。口ではそう言ったものの、就職はするかどうか分からなかった。結婚したら二代目と力を合わせて「まつおか」を切り盛りすることになる。だったら、みえ子と同じ税理士の資格を取ったほうがいいかもしれない。

ふとそう考え、今度みえ子に会ったら相談してみようと思った。今夜、ＬＩＮＥで都合を訊いてみよう、と決める。みえ子とは時間が合ったら、ランチをしていた。いずみから連絡を取っている。

「へえ、そんなもんなんだ」

賢右の答えもいずみの答えも問いの返事にはなっていなかったが、正平は納得してみせた。どうしても知りたいことではなかったし、広げたい話題でもなかった。会話に参加したかっただけである。

このころ、彼は食卓におけるどの話題にもなんらかのかたちで加わるようにしていた。革命成就への地道な活動だった。少しずつ、家族のなかで存在感を増したいというきもちである。あわよくば、自分の痛烈な一言で、未だ権力者の座についている賢右を失脚させたかった。

まあ、すでに死に体だけど。最近の賢右はいやにおとなしくなってしまい、正平としては張り合いがなかった。旧《ふる》い男らしさをふりかざすような失言もめっきり減った。だが、考え方は変わっていないはずである。いつか、かならず、馬脚をあらわす。そのとき、一気に倒すためにも、力を蓄えておかねばなるまいて、と時代劇の科白じみた言葉を胸に浮かべ、ひとり笑いをする。

彼だけはみえ子と会っていなかった。みえ子から連絡はくるのだが、会う気になれなかった。昔の女という感覚である。ヨリを戻そうとしつこい女をじゃけんに扱う快感はあった。だが、彼はもうみえ子を必要としていなかった。彼は仲間内でリーダー格になっていた。自信たっぷりの発言が仲間からの尊敬を得たようだった。酸いも甘いも嚙み分けたような顔つきでかぶりを振り、「まったく……」とつぶやくのが仲間内で流行していた。発信者はもちろん彼である。

「今日も暑かったわねえ」

熱いハーブティーをひと口飲んで、羽衣子がほうっと息をついた。白くちいさな顔は盛夏でも涼しげである。クーラーの効いた室内では寒そうにすら見える。

「うん、暑かったな」

賢右が応じた。

「猛暑日だったんだよね」

いずみも応じる。

「夜も気温が下がらないらしいし」

正平も加わる。羽衣子には物柔らかに対応するようにしている。いわゆる飴作戦なのだが、二月下旬のあの一件以来、意味合いが少し変わった。今は、そっとしておこう、と思っている。内側にはあまり触れないようにしよう。

みえ子が遊佐家を去る前日の、荒れた夕食。羽衣子の覆面がすっかり剝がれたような印象を正平は受けた。内側が露出したのだ。みえ子とのやり合いは含みだらけで、ふたりがなにについて言い争っているのかは不明だった。

だが、言葉を発するうちに羽衣子の白い皮膚が剝がれ落ち、真っ暗な穴のようなものがあらわれたような感じがした。

わけの分からないことを喚《わめ》いて号泣したみえ子からも、くろぐろとしたものが立ち上り、煙幕みたいに彼女を覆っていたが、羽衣子の真っ暗な穴のようなものになった顔のほうが、正平はよほど怖かった。

慌ててなにか口走ったことは覚えている。内容までは記憶にないが、賢右もいずみもそれぞれなにか口走っていた。

「八日つづけて熱帯夜ね」

羽衣子が穏やかな微笑を浮かべた。

「うん、八日つづけて熱帯夜だ」

賢右が応じた。彼もまた、羽衣子にたいして正平と同じ考えで対応しようと思っていた。

「十日じゃなかったっけ？」

いずみが首をかしげた。どうでもいい会話をしていると思っている。してもしなくてもいい会話だ。なにも言っていないのと同じである。でも、黙っているよりずっといい。喋りすぎなくて済む。これが我が家には合っている。

「あいだをとって九日ってことで」

正平が言い、皆で笑った。羽衣子も笑った。視線を落とし、手のひらでテーブルを撫でている。愛おしそうに、そっと。きのう、みえ子に会った。いつものように部屋をちらかして帰ってきた。みえ子にふさわしい部屋にしてあげた。だって、わたしがみえちゃんにしてあげられるのは、もうそれくらいしかないんだもの、と思って。

解説――二人の女性に訪れた「清算のとき」

フリーアナウンサー　北村浩子《きたむらひろこ》

赤と黄のパプリカ。カリフラワーにペコロス、筋《すじ》を取ったセロリ、ヤングコーン。きゅうりの代わりにズッキーニ。米酢じゃなくて白ワインビネガー。ローリエだけでなくローズマリーやディルなどのハーブも……。

最高級の、無垢《むく》材のウォールナットのテーブルに毎晩置かれる〈彩りゆたかなミックスピクルス〉は、こんな感じなんじゃないかと想像する。もしこの小説を映像化するなら、監督は、アクアパッツァやキッシュ・ロレーヌなど、レストランのような日替わりメニューの中に必ず存在するこの〈遊佐《ゆさ》家の常備菜〉を、画面に必ず映り込むように作るのではないだろうか。なぜなら、「何種類もの野菜」の「酢の物」で「カラフル」なピクルスは、遊佐羽衣子《ういこ》という人物をあらわす重要なアイテムだから。家族の健康を第一に考え、かつ華やかさも忘れない。日々、丁寧に暮らすことをこころがけている。羽衣子はそんな自分を、夫、2人の子ども、そして自分自身に長年見せ続けてきた。つまりピクルスは羽衣子にとって、ある種の表明であり、到達であり、ゆるぎない証拠なのだ。心の余裕と経済的余裕、今や両方を得ていることの。

そう、機は熟した。オープニングの「食卓1」で、羽衣子は〈瞳のなかに星の輝く夜空が横たわっている〉ような目で家族ひとりひとりを見、自宅マンションのリフォーム期間中、実家に身を寄せている幼なじみのみえ子をしばらくこの家に置いてあげられないかと頼む。読了後、再度この冒頭をふりかえると、羽衣子の内心のほくそ笑みが見える気がする。「清算のとき」がやっと訪れたと思いながら、彼女は夕食後、熱いハーブティーを喉《のど》に通し、ほとんどうっとりしながらこう切り出したのだろう。〈あのね、お友だちが困ってるの〉。

多くの朝倉《あさくら》作品において、女性登場人物の容姿は大事な要素だ。

北海道の片田舎に住む女子中学生、堂上弥子《どうのうえやこ》と鈴木笑顔瑠《すずきにこる》が、スーパースターになるためにある計画を立てる『てらさふ』は、弥子が裏方のブレーン役、笑顔瑠が表役を担《にな》い「2人でひとり」として野望を叶えようとする物語だが、弥子が〈ハムスターを連想させる見た目〉で、笑顔瑠が〈手足が長く顔立ちも整っている〉という設定は、役割分担だけではない意味を小説全体にもたらしている。また、去年（2016年）の長篇『満潮』は、〈すがたのよい白猫〉のような女性・眉子《まゆこ》が、そのような容姿――作中の言葉で言えば〈よいもの〉——をもっていたからこそ始まってしまった出来事を描いた、登場人物たちそれぞれの狂気がからみあうサスペンスだった。「どんな外見をしているか」は、単なるキャラクターの個性付けや色分けではなく、常にストーリーの根幹にかかわっている。

この『遊佐家の四週間』もその中の1作といえる。なんといっても強烈なのは、みえ子の醜女《しこめ》っぷりだ。

〈特徴がありすぎて、見ているだけで、目と脳がフル回転する〉

初めてみえ子に相対した羽衣子の息子・高校生の正平《しようへい》は、驚くより先に呆然《ぼうぜん》とし、動揺し困惑する。言語化が追いつかず〈なんかすげえ〉と思う。〈提灯《ちようちん》お岩《いわ》〉だと自称し、ゆでダコ色の歯茎《はぐき》をのぞかせてだらしなく笑い、べちゃべちゃした喋《しやべ》り方をする、異様な風貌《ふうぼう》の43歳の女。

闖入者《ちんにゆうしや》はいつだって「かきまわし役」「あばき役」だと相場が決まっている。いったい彼女は、遊佐家でなにをしでかしてくれるんだろう？……なんて野次馬的に思っていると、すぐに意表をつかれる。みえ子は「面白い話し相手」「良き相談相手」としての地位を、ひそかに、あっという間に確立するのだ。

まずは羽衣子の夫・賢右《けんすけ》。〈いくら仕込んでもいっこうに芸を覚えない〉〈不器量で愚《おろ》かな、しかし気はいい〉駄犬、だと内心でみえ子をたとえていた賢右は、ぶしつけなようで実は繊細な目で世界をとらえているみえ子のものの見方に感心する。見栄《みば》えの良くない女に対する同情と憐憫《れんびん》が（ほんのすこしの）敬意に変わり、分をわきまえた態度と頭の回転の速さ、自然にこちらを立ててくれる話術に感動すら覚える。

いかつい体つき、濃い眉に細い目を賢右から受け継いでしまった大学生の長女・いずみは、みえ子の道化めいたオーバーな身振り手振りを冷笑しながらも、遊佐家の面々に対する彼女の洞察力に驚き、シニカルなものの言い方に好感を持つ。〈やっと、この家に、まともに話のできるひとがあらわれた〉と思い、バイト先の50代の蕎麦《そば》職人に対する気持ちをみえ子にだけは打ち明け、コイバナに花を咲かせる。

そして、羽衣子に似た端整な面立《おもだ》ちの正平。心身ともにマッチョな賢右が押し付ける男らしさにうんざりしつつ、自分が彼の理想の息子でないことに傷ついていた正平は、みえ子から寄せられる羨望《せんぼう》と崇拝《すうはい》のまなざし、惜《お》しみない賞賛《しょうさん》によって、自分は他人を見下せるだけの価値をもっているのだと確信する。

奇怪な容貌《ようぼう》を、自分を見くびらせる、侮《あなど》らせるための道具として存分に活用し、みえ子は遊佐家の3人の心の中に入り込む。夫と子どもたちは、完璧に家事をこなすうつくしい羽衣子を、実は冷めた目で見ていることがみえ子との会話で分かるのだが、みえ子は羽衣子を擁護《ようご》しながらも、どこか羽衣子に対する不満や批判を彼らから引き出したがっているみたいだ。羽衣子が彼らに与えなかった（けれど彼らが求めていた）ものを会話の中から探り出し、少しずつ与える様子は、さながら餌付《えづ》けのようでもある。

それにしても、と思う。羽衣子はみえ子をこの家に呼んだのに、2人で話すシーンがまったくないのはなぜだろう？　幼なじみなら、ひとつ屋根の下、積もる話でもしたりするのが普通ではないだろうか。そもそもなぜ、この歳になるまで2人の交流が続いているのか、もっと言えばなぜ「お友だち」になったのか。

遊佐家のメンバーにとって、みえ子がなくてはならない存在になってゆく過程と同時進行で羽衣子の過去が綴《つづ》られ、その経緯が少しずつ見えてくる。〈ものもゴミもいっしょくたになった〉部屋で母と弟と暮らしていた羽衣子。資産家のひとり娘として何不自由なく育ったみえ子。中学で出会った2人は特別な関係を結ぶ。みえ子は極貧の羽衣子を経済的に援助し、羽衣子はタレントオーディションを受け、優勝賞金で金を返すというみえ子の計画に従う。

「ウイちゃんも、あたしも、なんかもう、どうしようもないじゃん？」

〈見当がつかないほど広い空間を黒目にたたえて〉みえ子は言う。美しさと貧困。醜さと豊かさ。どうしようもないものを持った者同士、どうしようもないものを交換して面倒くさい人生やってかなきゃしょうがないでしょ、と。

どうしようもないもの。それは、朝倉かすみが描く人物を読み解《と》くキーワードだ。生まれ持った、あるいは自分が内側で育ててしまったどうしようもないものにどうしようもなくつき動かされ、行き先の分からない場所へ自分の身体を運ばせるひとびと。本人にしか分からない「どうしようもないもの」もあれば、他人にもはっきり見える「どうしようもないもの」もある。羽衣子とみえ子の「どうしようもないもの」は、後者だった。

「どうしようもないもの」の交換は、30年にわたって2人を結びつけ続ける。みえ子は、羽衣子への貸しを記録した「えんまちょう」を〈ウイちゃんとあたしをずっと仲よしのままにさせる、絆《きずな》っていうか、糊《のり》みたいなもの〉と言って羽衣子に見せる。みえ子は羽衣子をこの先もずっと「元手」にし続けるつもりなのだろうか、と思う。しかし羽衣子も負けてはいない。昔から〈どのみち、まともには生きられない〉と腹をくくり〈なにがあっても不思議ではないという思念〉を「虹色の翅《はね》を持つトンボ」というイメージに変え、襟元《えりもと》で羽ばたかせていた羽衣子だ。見た目はいいがろくでなしの弟・孝史《たかし》の行状を気にかけながらも、貢《みつ》ぎ物的にみえ子に差し出せるくらいなのだから、したたかでないわけがない。

つまり「遊佐家の四週間」は、羽衣子とみえ子、双方にとって「総決算」のときだった。もちろんそのことを察知しているのは2人だけだ。「最終日」の食卓、羽衣子とみえ子ははじめて、家族を置いてきぼりにして、話をする。交わされている会話と並行してひとりひとりの内心が描き出されるこの章は、舞台上と舞台裏の両方を同時に、秒単位で映しているかのようだ。怒鳴り合ったり、ののしり合ったりしない「対決」の、ものすごい緊張感。その緊張感の出どころが、炙《あぶ》り油揚げだということの滑稽《こっけい》さ。静かな怖さに、黒い気持ちが加速する。ぎりぎりのところで保たれている表面張力が決壊しないかと期待する。ねえ、あなたたちほんとうは依存しあってるんじゃないの、だから離れられないんじゃないのと心が言う。ぞくぞくとぞわぞわが重なる。これぞ朝倉かすみを読む快だ、と思う。

これは、（読んだ方にはお分かりのように「本音をぶつけ合わない家族が部外者によって攪拌《かくはん》され、お互いを理解するようになる話」ではない。正平はみえ子によって（いみじくも彼が嫌悪する父親と同じ）マチズモを発掘され、今後おのずからそれを肥大させていくふうだし、一方でいずみは、これからもみえ子を相談相手として頼りにしていくらしい。賢右の赤っ玉は消えないだろうし、羽衣子は毎晩ミックスピクルスを出すだろう。家族は終わらない。羽衣子とみえ子の関係もきっと終わらない。

すぐれた物語は、本を閉じたあと読者の頭の中で続いていくということを、「遊佐家」はあらためて感じさせてくれる。「四週間」のあとも、彼らは続くのだ。

（この作品『遊佐家の四週間』は平成二十六年七月、小社より四六版で刊行されたものです）

一〇〇字書評

切り取り線

購買動機（新聞、雑誌名を記入するか、あるいは○をつけてください）

□（　　　　）の広告を見て	
□（　　　　）の書評を見て	
□ 知人のすすめで	□ タイトルに惹かれて
□ カバーが良かったから	□ 内容が面白そうだから
□ 好きな作家だから	□ 好きな分野の本だから

・最近、最も感銘を受けた作品名をお書き下さい

・あなたのお好きな作家名をお書き下さい

・その他、ご要望がありましたらお書き下さい

住所	〒				
氏名		職業		年齢	
Eメール	※携帯には配信できません	新刊情報等のメール配信を 希望する・しない			

この本の感想を、編集部までお寄せいただけたらありがたく存じます。今後の企画の参考にさせていただきます。Eメールでも結構です。

いただいた「一〇〇字書評」は、新聞・雑誌等に紹介させていただくことがあります。その場合はお礼として特製図書カードを差し上げます。

前ページの原稿用紙に書評をお書きの上、切り取り、左記までお送り下さい。宛先の住所は不要です。

なお、ご記入いただいたお名前、ご住所等は、書評紹介の事前了解、謝礼のお届けのためだけに利用し、そのほかの目的のために利用することはありません。

〒一〇一－八七〇一
祥伝社文庫編集長　坂口芳和
電話　〇三（三二六五）二〇八〇

祥伝社ホームページの「ブックレビュー」からも、書き込めます。
http://www.shodensha.co.jp/bookreview/

祥伝社文庫

遊佐家《ゆさけ》の四週間《よんしゅうかん》

平成29年 7 月20日　初版第1刷発行

著　者　朝倉《あさくら》かすみ
発行者　辻　浩明
発行所　祥伝社《しょうでんしゃ》
東京都千代田区神田神保町 3-3
〒101-8701
電話　03（3265）2081（販売部）
電話　03（3265）2080（編集部）
電話　03（3265）3622（業務部）
http://www.shodensha.co.jp/
印刷所　堀内印刷
製本所　ナショナル製本
カバーフォーマットデザイン　芥 陽子

Printed in Japan ©2017, Kasumi Asakura ISBN978-4-396-34333-0 C0193

祥伝社文庫の好評既刊

泉ハナ　外資系オタク秘書　ハセガワノブコの華麗なる日常

恋愛も結婚も眼中にナシ！「人生のすべてをオタクな生活に捧げる」ノブコの胸アツ、時々バトルな日々！

泉ハナ　外資系オタク秘書　ハセガワノブコの仁義なき戦い

恋愛・結婚・出世……華麗なるオタク生活に降りかかる〝人生の選択〟。ノブコは試練を乗り越えられるのか⁉

小池真理子　会いたかった人

中学時代の無二の親友と二十五年ぶりに再会……。喜びも束《つか》の間《ま》、その直後からなんとも言えない不安と恐怖が。

小池真理子　追いつめられて

優美には他人には言えない愉《たの》しみがあった。それは「万引」。ある日、いつにない極度の緊張と恐怖を感じ……。

小池真理子　蔵の中

半身不随の夫の世話の傍らで心を支えてくれた男の存在。秘めた恋の果てに罪を犯した女の、狂おしい心情！

小池真理子　新装版　間違われた女

一通の手紙が、新生活に心躍らせる女を恐怖の底に落とした。些細《ささい》な過ちが招いた悲劇とは——。書下ろし。

〈祥伝社文庫　今月の新刊〉

富樫倫太郎
生活安全課0《ゼロ》係　エンジェルダスター
誤報により女子中学生を死に追いやった記者。五年後届いた脅迫状の差出人を0係は追う。

新堂冬樹
少女A
女優を目指し、AVの世界に飛び込んだ小雪。後ろ指さされようとも強く夢を抱き続けたが…。

平安寿子
オバさんになっても抱きしめたい
不景気なアラサーOL vs.イケイケなバブル女。女の本音がぶつかる痛快世代間バトル小説！

南　英男
闇処刑　警視庁組対部分室
〝暴露屋〟と呼ばれた野党議員の殺害。続発するテロと仕掛けられた罠とは⁉

朝倉かすみ
遊佐《ゆさ》家の四週間
美しい主婦・羽衣子の家に幼なじみが居候。徐々に完璧な家族が崩れ始め……。

沢里裕二
淫奪　美脚諜報員　喜多川麻衣
現ナマ四億を巡る「北」の策謀を、美しさとセクシーさで撃退せよ。美脚に勝る謀略なし！

長谷川卓
雪のこし屋橋　新・戻り舟同心
静かに暮らす島帰りの老爺に、忍び寄る黒い影が……老同心の熱血捕物帖新シリーズ第二弾。

辻堂　魁
縁切り坂　日暮し同心始末帖
おれの女を斬って、なにが悪い！　日暮龍平の怒りの剣が吼える！　痛快時代小説。

今村翔吾
夜哭烏《よなきがらす》　羽州ぼろ鳶《とび》組
「これが娘の望む父の姿だ」仲間を信じ、火消としての矜持を全うしようとする男たち。

黒崎裕一郎
公事宿始末人　斬奸無情《ざんかんむじょう》
漆黒の夜に煌めく白刃。阿片密売と横領、悪事の裏に仇敵の影。唐十郎、因縁と対決す！

佐伯泰英
完本　密命　巻之二十五　覇者　上覧剣術大試合
見守るしの、みわ、結衣、そして葉月の想いを背に受けて……。命運、ここに決す！

佐伯泰英
完本　密命　巻之二十六　晩節　終《つい》の一刀
惣三郎を突き動かした〝ある想い〟とは。尾張との因縁を断つ最後の密命が下る！